모스크바예술극장의
기립 박수

# 모스크바예술극장의
# 기립 박수

**기혁 시집**

민음의 시 206

**민음사**

분장실에 앉아 세계를 저주했다.
한 장의 거울은 구원이었다.

2014년 겨울
기혁

**차 례**

## 3부 미아에게

## 4부 블랙 마리아

작품 해설 | 조재룡

1부 파주

# 골드러시

사람을 만나는 순간,
중고의 삶을 시작하는 가랑이

광부들의 갱도만큼 어두웠지.

유년의 인디고 물감이 빠진 자리엔
상처마다 덧댄 물고기 패치가
아가미를 뻐끔거려.

엄마의 손을 놓친 것들은 왜 멋이 있을까?
서쪽으로 돌아 나온 것들은 왜
명찰이 없는 것일까?

유령처럼 미아가 되었을 때
우리는 청바지를 입고 있었지.

피 묻은 행려병자의 생애를 빨면
해변의 석양이 배어 나오기도 해.
누군가 먹다 만 데킬라 선셋의 취기,

접어 올리지 못한 그림자의 밑단과
후렴뿐인 유행가의 이별도
뒷모습의 치수로만 슬픔을 표시한다지.

가장 아픈 곳은 사람의 손을 탄 곳일 텐데?

저마다 폼을 잡는 세계에서
이별은 가장 근사한 워싱의 방식.

타인의 상처가 옅어질수록
서로를,
바다로 알고 헤엄쳐 다니려 하지.

## 파주(坡州)
— 유년의 레옹 베르트에게


인터넷으로 책을 주문하면
택배 상자 속 대기가 궁금해진다


노을이 질 때마다
구름의 살결을 보면서 날씨를 매만지던 시절이
책의 사위에도 일렁이는 것이다


별똥별의 군락지를 가슴에 품은 채 바람을 탔다던 아
버지,
대기가 없는 달의 중력을 가정하며 나보다 꼭 6분의 1만
큼 가벼운 생애를 살았던


내 외로움의 생물학적 아버지는 어둠이다
근본 없는 혁명은 내내 과거의 혈육을 찾아가는 것,


후배위를 좋아했던 유물론자를 사귈 때조차
몇 번의 섹스와 이별 대신 뜯지 않은 택배 상자를 건네
기도 했다

타인의 우주를 받아 든 사람들은 사막을 표류하는 비행
사를 떠올립니다 더러는 지구에 없는 암시(暗示)를 읽기도
했지만 직육면체의 밤하늘에 공전을 계속할 에움길을 내지
는 못했습니다 지리학자의 별을 지나 도착한 일곱 번째 행
성에서 어둠은 그저 낮의 그늘일 뿐이었고 그런 나의 자괴
를 사랑이라고 다독거리던 옛 애인은 어린 왕자를 모던 보
이라고 단정 짓기도 했지요 주변을 더듬어 자신의 어둠을
울어 줄 누군가를 찾는 것이 교양이라면 한평생 우주를 곁
에 두었던 엄마의 교양은 인공위성이 틀림없습니다

　책장의 내용들이 견고한 우주를 녹여 갈수록
　어둠을 부정하지 않던 방랑의 가계,
　마음의 양식을 보관하던 입지*의 가슴께는
　파주의 어떤 물류 창고보다 차고 습하고 절판본이 많았
으므로,
　별똥별이 떨어지는 새벽녘이면
　사물의 반어(反語)로만 대화를 나누던 소원도
　누군가의 입가에서 비늘처럼 반짝거렸다

보이지 않는 폭발과 팽창을 눈으로만 삼켜 버린 생애를
떠돌다
서로의 문전을 향해 발끝을 옮길 때
잘못 부른 이름 또한 소혹성의 궤도로 슬픔을 비껴간다

*이건 상자야. 네가 원하던 양은 그 안에 있어.*

당신이라는 낮달은 잘못 나온 것이 아니라 너무 얇은
파본이었을지 모릅니다 조심조심 이불 속에 웅크려 택배
상자를 개봉하면 비좁은 우주를 품은 천막(天幕)이 고갯길
처럼 부풀어 오릅니다 고갯길이 많은 동네를 파주라고 부
르던 슬하가 슬퍼지는 것은 옆자리의 어둠으로 밤낮을 구
분해 온 당신의 일생 어딘가 파주의 풀을 뜯던 양들이 자
욱하기 때문일 겁니다 누구에게나 펼치지 못한 페이지가
있고 제목으로 알 수 없는 독서가 있습니다 문맹의 꽃들에
게 붙여진 꽃말은 자궁의 어둠 속에서 보았던 지구의 첫울
음을 닮았습니다

* 뜻을 세우는 나이.

## 나비잠

뭐라고 불러야 하지?

바람을 시련이라 배운 아이들이 커서,
연애를 하면
그 연애 때문에 보아야 할
바람의 핏줄이며
푸른 목젖의 울렁거림을

배를 미는 일이나 풍차를 돌리는 일,
낡은 선풍기마다 널어 둔 속옷을
말리는 소일까지도

누군가에겐 허공을 떠미는 시련

생애의 근대를 한 사람에게 내어 주는 일에는
또 어떤 풍문이 필요한 거지?

토네이도가 지나간 자리에
꼭 껴안은 인형의 주검이 보였어

빌딩과 자동차를 날려 버린 자연보다 더
지독한 풍문이
인형과 인형 사이에 버티고 있었어

바람을 배운 뒤에도
바람과 입 맞출 수 있었던
추운 플라스틱의 꿈결들아,

*너희가 나비든 나비가 너희든*
*노란 리본을 잊지는 말아 줘*

허공이 혀끝에 닿으면,
누구라도 외인(外人)을 흘리는 법이니까

# 화이트 노이즈

— 알바트로스의 새장에 눈을 들이다

하늘을 나는 동안 그 새는
위장에 든 모래알을 생각했다.

고도가 높아질수록,
지글거리는 모래알들이 바닷바람에 흔들렸다.

가슴께의 사막과, 사막의 오아시스와, 오아시스의 얇은
필름 위에 투사된
새의 천성이란,

빈 뼈마디를 맴돌던 모래바람이
곧게 편 날개 끝에서 마른 피리 소리를 내면

새의 깃털로 장식된 모자를 쓴 마지막
필경생(筆耕生)의 문장도
간절함 하나 붙잡기 위해 앓던 이명을 닮아 간다.

별자리마다 이름을 붙여 주었던 이유가 이따금
별똥 몇 개를 간직하기 위한 슬픔이 될 때,

세속의 수기도문을 경멸한 뱃사람의 문신은
마다가스카르의 바다를 살점 아래 가둔다.


어미가 없어도 모음(母音)을 발음할 줄 아는 고아처럼
뜻 모를 선율로 망명해 온 문명의 육신


읽히지 않던 책들이 말의 새장을 빠져나가는 게 보인다.


*날고 싶니?*
*날것이고 싶어.*


새를 길들인 붓끝보다
획이 깊은 해시(海市)*를 펼친다.


* 신기루.

# 악천후

아이들은 바람의 반대 방향으로 달렸다

가오리연과 방패연,
서로 다른 종들의 싸움에선
모순이 생기지 않는다

연줄이 끊어진 가오리가
정말로 비를 내린다고 믿었다

상상 속에서조차
누군가를 태워 준 적은 없었지만
방패가 날아갈 곳을
아이들은 잘 알고 있다

전쟁터에서 연은 신호를 보낼 때나 쓰는 거란다,
병상에 누운 삼촌이 말했다

그의 혈관같이 푸른 연줄에
아교를 묻히고 유리 가루를 뿌려 두었다

자연이 이상하게 흔들리고 있었다
화창한 날이면 소식이 끊어진 가족들의
이름을 날려 보기도 했다

연줄에 뒤엉킨 먹구름이 더 높고
먼 쪽을 향해 북상 중이다

# 열병

— 새벽녘 입김을 불고 있는 사람이 있다면 그의 몸속에 들끓는 사랑이
있어서가 아니라 그가 사랑했던 누군가가 지금 막 지나갔음을 헤아려야
한다 냉기는 우리 내부의 온도가 세계에 대해 갖는 미련이었으므로
우리는 그 미련 속에서 서로의 첫 알몸을 감싸 안는다


빙하로 만든 생수를 얼리면 사랑스럽다

지난겨울의 케이크가 여전히
겨울인 채로 냉동실 바닥에 웅크리듯이
생수는 아직도 빙하인 채로
북극을 떠올린다

개봉되지 않은 것은
빙하의 허공에 뜬 오로라와
성큼성큼 성에를 밟고 지나간
나누크*의 흔적들뿐

부위를 알 수 없는 고깃덩어리 대신
감정을 나눠 담던 비닐봉지도
시간이 지날수록
입구부터 얼어붙어 쪼그라들곤 했다

북극에 가서 추운 사랑을 하던 사람은
정말로 아내를 내어 주듯 친절해지는 걸까?


여관방에 누워 서로 등을 돌린 연인들이
식은 몸을 어루만진다
좀 더 내어 준 것을 생각한다


빙하 속 어른거리는 나누크의 모닥불처럼
식어 버린 후에야 찾아오는 열병


냉동실 안 성에로 만든 이글루를 녹이며 손님들은


어느 백야의 눈가에서 다시
눈감은 것들로 흘러내릴 것이다


* 로버트 플라어티(Robert Flaherty) 감독의 장편 다큐멘터리 「북극의 나누
  크(*Nanook of the North*)」(1922)에 등장하는 주인공.

## 나처럼 예쁜 여자


한 남자를 부르는 동안
잘못 튼 샤워기처럼 무심했던 여자가

하늘을 본다
비가 내린다, 한다

매일 아침 목욕물을 받으며
한 남자와 나눠 가질 빗소리와
피워 올린 무지개를 떠올리던 여자가

내렸던 비를 맞는다
검게 변한다, 한다

케이크 조각의 각도만큼
한낮이 빠져나간 자리엔
수만 번 휘저은 감정의 거품들이
치즈 크림처럼 굳어 가는

여자의
구름

소나기가 내리면
구름은 기타가 되고
한 남자는 목소리를 잃고
다리부터 허리까지,
오랜 기우제를 지낸 여자의 목젖이
먼저 젖는다

점점 더 맑어지는 여자의 시간이
이 빠진 그릇처럼 풍만해지면
깨진 이빨을 간직한 한 남자의 저녁도
동화처럼 포개진다

옛날, 아주 먼 옛날
여우와 호랑이를 앞세우던 그 비가 다시
내린다, 한다

## 미아의 감정

오래 기타를 친 사람의 손을 보았다
굳은살이 섬처럼 박여 있었다

그는 괜찮다고 했지만, 지문의 기억들이 유배를 떠난 섬에서
기타의 음색은 쓸쓸했다

신청곡을 적을 때면,
부러 Jimi Hendrix 씨의 이름을 Handrix 씨라고 적었다
견디지 못한 영혼의 감각이라든지, 연고를 알 수 없는
불협화음의 무덤 따위가

그저 풍문으로 남기를 바랐다

"이 섬을 도려내려다가 피 대신 초록이 나오는 걸 본 적이 있어요"

나는 신청곡을 적다 말고 무딘 꽃씨가 날아든 섬을 그렸다

꽃이 피었고 이른 계절이 찾아왔다 모닥불을 두려워한 들짐승은 자신의 그림자를 보고서 기괴한 소리로 사랑을 나누기도 했다

"초록을 멎게 하려면 더 큰 초록을 감수해야 합니다"

신청곡 대신 섬을 받아든 Handrix 씨는 막 연주를 시작했다

누군가의 손을 잡았다 놓은 감정에 녹슨 기타 줄이 닿았다, 떨어졌다

무대 위로 흩어지는 입김이 뜨거웠지만
섬을 빠져나가지 못한 불꽃놀이처럼 마음이 아팠다

## 4월, 인사동

결혼을 한다고 했다. 적당한 간격으로 불리는
당신의 테두리를 그렸다.

연분홍
연보라
연노랑
연파랑

삐져나온 것들의 음계가 연하다.

수묵담채화는 인연이 없어도 달리고 목을 축이고 흐린
자국이 되어 주저앉을 수 있죠

늙은 화가의 말에 외투 속 눅눅한 허공을 생각했다.
오래전 그곳에 액자 같은 걸 걸어 둔 적이 있다고 말했다.
액자를 떼어 낸 자리엔 아직도 수십 겹 물금이 지워지지
않은 채로 남아 있을 거라고.

누군가의 사랑이 번지지 않았군요

늙은 화가는 수묵화를 그리던 붓으로 또다시 유화를 그리기 시작했다.

기름에 무지개가 떴다.

표구를 부탁한 나는 응달진 계단마다 뒤꿈치를 들고 걸었다.

서로의 빛깔을 뒤집어쓰고 마술 고리처럼 검정 테두리를 통과하는

행인들의 표정이 분주했다.

# 인질극

두려웠던 것은, 그림자 때문에 내뱉은 독설이나 그림자 칼에 찔려 흐르는 피가 아니었습니다. 그림자가 그림자를 바라보는 표정과 그림자의 목소리와 여전히 장난처럼 가슴께를 짓밟았던 낙관주의자들의 체면(體面)이 움직이고 있기 때문입니다. 빛이 없다는 속단만큼 가로등 밑에는 더 많은 그림자들이 편견으로 드러났지만, 인생의 가장 밝은 곳을 들춰 보다 하얗게 눈이 센 인질들을 저녁이라 불러서는 안 됩니다. 가족을 잃은 자들이 서쪽의 행렬을 이룰 때 그들의 슬픔은 여전히 임의 동행 중입니다. 자신의 그림자에 칼날을 겨눠 본 사람에겐 빛이 닿지 않는 부분에도 얼룩이 남고, 얼룩을 들키지 않으려 등을 맞댈수록 이불 위에선 매번 같은 모습의 갈피가 떨어졌습니다. 하오(下午)의 그림자가 지구의 면적을 비좁게 만드는 사이 갈피를 쥔 손들이 천성(天性)을 가리킵니다. 신을 믿지 않아도, 신의 그림자를 향해 손 내밀 수 있다면 석양의 끝자락에 붙은 수배 전단은 당신의 거울입니다.

# 동반작(同伴作)


석양이 머물다 간 자리에 도배를 할 수 있다면
나의 구름은 천막에 가깝습니다.


누군가를 기다리는 동안 당신의 체온이 대기를 덥히고
덥혀진 새들의 날갯짓에 목소리가 변해 가던 시절


나는 천천히 멀어지는 온기로 풀죽을 쑤어 둔 걸 기억합
니다.


오래 저어도 흔적이 남지 않는 문장을 되뇌려다, 식힐 수
도 태울 수도 없는 속내가 끓어 넘치면


당신은 남반구에서만 뜨고 진다는 어느 별자리와 수명
을 다한
스푸트니크의 마지막 메시지까지도


팽팽한 대기권의 벽지 위에 살 냄새를 풍기며 바를 수
있다, 말했습니다.

옥탑방에 누워 천장 가득한 낙서를 읽을 때
외투에 붙은 야광 별들이 굽은 등짝의 운명을 점치려
할 때

나의 천막은 지상의 사람들이 이름 붙인 권운(卷雲)을
닮아 조금씩
기울어지고 몇 장의 페이지가 생기기도 했습니다만

그림자의 내력을 감추기 위해 비를 뿌린 적은 없습니다.

젖는다는 것은 종이의 심리로서 말하고 읽고 쓰다가
가장 긴 공전주기를 지닌 죽음까지도 동일한 말줄임표
로 연애하는 거.

우리 내부에 우주가 있다면 플루토*의 궤도는 타인을 향
해 뻗어 있습니다.

도배를 끝낸 당신의 방 한편에서 나는
여전히 천막인 채로 기다림을 옮기고 있습니다.

석양이 머물던 언덕마다 돌이 된 주인공들의 침묵이 떠돌듯이

길잡이별이 반짝이는 당신의 플롯 속으로 들어가

사랑을 가린, 최초의 장막이 되어 펄럭이고 싶습니다.

금년 마지막 날 오후 다섯 시에 후루사토(故鄕)라는 집에서 만나기로 합시다. 회답 주시기 바랍니다.**

* Pluto: 저승 신의 이름을 딴 왜행성.
** 이상(李箱)이 어느 소설가에게 보낸 편지의 마지막 구절.

# 2부 드라마

―아마도, 우리라는 단어를 최초로 발음한 순간이었을 것이다

# 디데이

새해 첫날
서로를 치켜세우던 인사가 팽팽하게
개의 목줄을 당길 때

우리는
목줄에 끌려온 개의 항문이
그의 생애보다 붉다고 믿는다

오늘을 위해, 누구나 입단속을 했으리라 생각한다

# 오프 더 레코드

죽은 갈매기가 연기해 온 상징을 돛대에 묶는다. 배의
이름은 '피'였다. 바람이 불자 '피'는 앞으로 나아가기 시작
했다. 세이렌의 유혹도 포세이돈의 바다 괴물도 '피'의 항
로를 어쩌지 못했다. '피'는 아라비아 반도를 지나 히말라
야의 고산 14좌(座)와 5대양 6대주의 최고봉을 지났다. '피'
가 나아가는 자리마다 문명이 거셌다. 죽은 갈매기의 상징
이 숨 쉴 듯 퍼덕거렸다. '피'는 과거라는 담벼락과 미래라
는 오줌보를 지났다. 욕실이나 싸구려 술집에서 '피'를 본
건 그 무렵이었다. '피'를 본 사람들은 자신의 운명 역시
비공식적이라고 느꼈다. '붉다'는 형용사가 비좁게 여겨졌
다. 타이(tie)였다. 빌헬름 텔과 뉴턴의 사과를 지나 애플사
(社)의 이빨 자국 난 사과를 끝으로 '피'는 밤하늘을 날았
다. 화면 밖에서 '피'를 흔들던 스태프들이 보였다. 초연(初
演)이었다. 육중한 근육을 부풀리며 파도에 흔들리는 '피'
를 공연하고 있었다. 그들의 노동도 한 무리 천사처럼 '피'
를 이고 날아올랐다. 아무 일 없었다. 사람들은 '피'의 행진
이 디디는 어둠을 천국이라 부르지 않았다. 바다였다. 수백
억 별을 적시는 진짜 바다였다. 죽은 갈매기를 낳은 산 갈
매기들의 서식지가 수평선 너머 어른거렸다. 그곳의 이름은

'아래로부터'였다. '피'는 그 섬의 실어(失語)들을 모두 태우고 떠났다. 죽은 갈매기 대신 비글(Beagle)의 깃발이 펄럭였다.

# 모스크바예술극장의 기립 박수

자동차 트렁크에 실린 소나무가
허공으로 뿌리를 내밀자,
지상도 지하도 아닌 나라가 생겨났네.

그 나라 시민들은 블랙 러시안이나
화이트 러시안의 표정을 지으며
허공에 허파를 만들고
심장을 드러내기 시작했다네.

몇 번의 눈사태와 크리스마스가
달궈진 아스팔트 아래 묻히는 동안,
독재자를 연기하는 배우를
지도자로 추대하기도 했네.

그 나라의 모든 병명은 비유였으므로
의사는 처방전 대신
시를 적어 내밀곤 했지.

엘리베이터를 천사라고 부르게 된 건

그 나라의 돌림병 때문이었네만
하늘을 나는데
꼭 혁명이 필요한 건 아니었다네.

천사를 타기 위해 필요한 중력을
사람들은 서로를 껴안으며 마련했고
그것을 적분해
사랑이라 부르기도 했었네.

떠돌이 악공의 연가가 끝나 갈 무렵
+에서 −로 전류가 흐르는 건
기타 줄만이 아니었다는군.

잊었는가? 소나무가 뿌리내린 곳에는
사철이 없다는 걸 말일세.

여름이 끝나고 드라마가 찾아오고 있다네.
천사가 지나간 자리는 모두
그들의 박수일 따름이었네.

## 날고기와 핏방울

빛 대신
심장 1파운드를 베어 내겠다는
샤일록.

그의 제안은 사랑스럽기 그지없지.

모든 의혹을 채무로 환산해 버린
애도의 사무실에서,
수족관 한가득 백상아리를 키우는
로맨티스트.

과거에 대한 해명이나
추심도 없이,
나른한 응접실에 앉아 즐기는 티타임.

무혈혁명이 일어나기 직전,
누군가 혈서를 썼다.

'살아 있다면 기꺼이 당신을 사랑하리다.'

공상이 극에 달하면 간절한
무신론자가 되어 가는 작부처럼.
샤일록, 샤일록.

심장이 없어도
심장을 통과한 붉은색.
철분이 없어도

무허가의 모순이 합법적일 수만 있다면,

## 인상파

세상의 빛을 모두 섞으면
환해진다.
빨강은 파랑에게 파랑은 초록에게
서로를 양보하고
원점으로 되돌아가기 때문.

무수한 빛깔들,
이를테면 아이를 잃은 여인의 눈물은
보랏빛을 더욱 연하게 만들고
배신당한 악공의 기타는
초록을 연둣빛으로 바꿔 놓는다.

보이는 것보다
들려온 빛깔들이 점점 많아지면,
자신에게서 가장 먼 것들의 이름부터
차례로
속을 내비칠 수 있었을 텐데.
맹인의 검은 동자가
미래를 예언하던 시절에도

우리의 구원은 초라하기 짝이 없었다.

기적이 일어나기 위해선 매번
어두운 주변이 필요하고,
손전등을 비추다 맞닥뜨린 진실은
노상강도를 닮아 가는 법.

모든 것을 빼앗긴 끝에
목숨만을 부지하는 순간까지
우리는,
서로를 알아볼 수 있을 만큼만
희미해진다.

주황이 남색을 양보하듯이.
남색이 노랑을 양보하듯이.

# 서양식 의자 위의 저녁 시간

네 발이 달려도 슬프지 않았던 것은 네가
짐승이 아니었기 때문.
두 발이 모자란 나를 업고 먹이고
어느 날엔가는
절뚝거리는 다리 한 짝을 흔들며
취기를 올려 보내기도 했기에.

얘기 좀 하자는,
식구들의 주제는 늘 테이블보다 넓게 펼쳐진다.
떨어진 부스러기들이 나의 발끝을 톡톡
건드릴 때의 느낌처럼.
대화가 길어질수록
잘못 전달된 문장들은 대답 대신
서로를 옮겨 놓기도 하지.
술이 아니라,
술잔의 배치를 고민하는 하녀를 부르듯이.

우리가 차려 놓은 '만약'의 무게가
네게도 믿음의 이면을 기댈 등받이를 갖게 했다면

그 모든 책임은 그리스도에게 있을지 몰라.
오랫동안 그는
최후의 만찬을 즐기고 있으므로.
주기도문을 마친 식구들이 너의 힘을 빌려
서로를 일으켜 세운 다음까지.

그러나 너는 여전히 궁금한 것이 많을 뿐.
만유인력의 무심함에 대하여,
엉덩이로 지탱해 온 인류의 낙관주의에 관하여.
때로는 우리의 물음표가, 짐승보다
사물에 더 끌리는 까닭을.

# 희비극

변별력 없는 작별 인사를 좋아해.
윗입술과 아랫입술의 正·反·合
식사 예설을 좋아해.

'논다'와 '놀고 있다' 사이,
도마뱀을 자른 꼬리는 비로소
낙관주의를 배웠어요.
우리가 껴안았던 인형은 모두
살찐 포유동물뿐이지만,
동생(同生)을 강아지라 부르는 건
그의 미래를 믿기 때문이죠.

어제 오늘 아까 모레 글피
바다에 투신한 강물의 사인은 심장마비,
수면을 떠받친 명료함들이
돌고래의 초음파를 듣게 된 이후부터.
그러나 당신은 흔들리는 모든 걸 사랑하고,
서로의 과녁에 대하여 한없이
원을 그리고. 그리고

입에 문 상처들을
석양의 맛이라며 내뱉어요.

당신의 보호색은
은폐보다 정곡(正鵠)에 어울리는군요.
천적처럼 몸을 부풀리는 우리의 낌새들,
구멍 난 애드벌룬을 빠져나온
시큼한 헬륨 가스의 긴 혓바닥들.

# 공중파

**1**

오디세우스의 항로 중 TV 해협이 발견되었다.

**2**

애인을 들어 올린 마술사가
무대 위 장막을 걷는다.
어떤 속임수도 없었으므로
미녀의 몸은 공중을 공중으로 인정한다.
조금 전 함께 숟가락을 휘었던 관객들은
자신의 애인을 솟구치게 할 수 없을까, 궁리 중이다.
오버코트에서 흩날리는 푸른 먼지, 화면 밖 붐맨*의 팔
뚝, 미녀의 가슴께에 붙은 나비 브로치
언제나 관객의 손뼉보다 더 많은 박수 소리들.
몸이 뜬다는 사건 앞에서, 그림자를 지닌 모든 것들은
인과를 만든다.

"천사를 보기 위해선 기도만큼의 침묵이 필요합니다."

3

우리의 결론은 때론 천사가 이겨 낸 중력이 아니라
천사가 찾아온 이유를 향한다.
무한한 우주를 떠올리기 위해
지구인이 설계한 UFO를 잊어야 하는 순간처럼.
마술사와 미녀의 사랑이 불가사의하게 여겨지면
우리는 비로소 신에게 되묻는다.


미녀를 묶은 사슬이 끊어질 수 있습니까?
온종일 TV를 봐도 미치지 않습니까?


* 영화나 방송 촬영에서 붐 마이크를 담당하는 스태프.

## 물질과 기억

태엽을 감을 적마다
시간에도 감정이 있다는 걸 알았다.

감정은 신이 아니었지만
시계를 차고 사우나에 들어가면
자꾸만 바라는 게 생긴다.

태어나자마자 청춘이었던 사람은
어떻게 생일을 챙겨 줄까?

에덴의 뱀을 둘둘 말아
태엽을 만들면
아담과 이브는 알람을 맞췄을 텐데.

선악과가 먹고 싶은 시간,
하느님 몰래
산책하고 싶은 시간.

창세기는 오전 7시 30분부터.

## 아라비안나이트


석양이 오래 머무는 곳에 가 보고 싶었다


오아시스*의 낡은 레코드들이 모래바람을 일으키고 있었다
휘파람이니 밀월이니 하는 노랫말 끝에선 제법 쌍봉낙
타의 물혹 같은 것이 혀끝에 닿았다


Open Simsim!(열려라 참깨!)


45RPM 턴테이블 위로 쏟아지는 모래바람을 헤치며
세헤라자드가 말했다


나는 '알리바바와 40인의 도적'이 아니었지만
심심에 대해 생각했다
심심한 도적이 심심한 동굴을 열어 심심한 왕에게 바친 건
성기가 사라진 포르노의 주인공들


그들은 섹스를 할 수가 없어서
심심한 이야기를 나누기 시작했습니다.

어젯밤 참깨랑 잤군요?
참깨보다 작은 왕국의 호텔에서였죠.

침묵이 자주 혀의 수위(水位)를 위태롭게 만드는 농담을
건넸다

자신의 음역보다 낮은 곳을 서성거리는 불한당처럼
촌스러운 유행가를 흥얼거렸다 누군가
단단한 석회질로 굳어 가는 성모상은 신기루가 아니라
고 말했다

그렇게도 죄가 없다면 미친 듯이 돌겠나이다
오아시스의 레코드들이 우릴 목마르게 기억할 수 있도록

기도를 하는 동안 음반이 튀었다 으깨진 무르팍을 아는
만큼만 접어 올렸다

엄마가 보고 싶었지만

사막에선 모두가 이교도였다

# 호텔 팔라조 베르사체*

캥거루는 원주민 말로 '나는 모른다'

그러니까 우리
서로의 이름을 지어내기 전에
너와 나의 나무가
하나의 연두색으로 까다로워지기 전에

풀잎을 쓰다듬으면
아프리카 사자들이 갈기를 세우고 정원 구석구석
긴 송곳니들이 자라나던 시절에

우리는 지구의 신념처럼 모르는 걸 반복했다죠

호텔 팔라조 베르사체의 모든 물품은 베르사체
서로 모르는 사람들과
서로를 모르는 베르사체

　간밤에 욕실에서 물이 샜어요 우리는 이쪽에서 저쪽으
로 갈 테니

벨 보이! 여기 베르사체 좀 옮겨다 줘요

보이지 않는 부분에 이빨 자국이 생겼다는,
영국인 신혼부부의 우스갯소리가
품에 안은 코알라를 더 선명하게 분리하는 여정

캥거루가 '통통통' 모국어를 사용하면 좋으련만
우리는 기념 촬영이 끝난 중국인처럼
유칼립투스 이파리를 입에 물고
각자의 호주머니를 뒤져요

로비엔 늘 맥락만 사는군요?

아무도 없었지만 누구도 혼자서 방을 찾을 순 없대요

* 오스트레일리아 골드코스트에 위치한 호텔.

# 무지개

빗방울은 불안했을지도 모른다

지구 밖 태양으로 만든 그늘과
그늘로 구분되어 버린 이 도시가

브로콜리는 더 많은 햇살을 필요로 하고,
인류의 상상력은
더 많은 그늘을 필요로 한다

무대 위 나무가 자라는 이변만큼
예수의 탄생도 불가사의한 일

사랑 때문에, 한 사내는 목숨을 잃었고
한 사내는 부활했다

태양이 그늘을 옮겨 다니는 건
사랑에 비하면 사소한 결벽이라던가,

일곱 가지 색깔로

반듯하게 정리 정돈된 불안은,
선물 상자의 손잡이를 닮아 있다

내용증명도 없이
오랜 시간 리본으로 치장된 사유처럼,
빗방울은

햇살과 따옴표 사이를 받치고 있다

# 시니피앙


몇 번씩이나 도둑이 들었던 자리

너는 한 마리 개를 풀어 놓았지
담장 밖 인기척이 찾아들면
강철로 된 사슬을 묶어야 하는
검고 사나운 개를

그리고 나는 섀도복싱 하듯이 세상을 이야기한다

깊게 파인 마우스피스의 침묵
미친 듯 달려드는 육신의 그림자 따위

우리는 마지막 남은 거울을 잃어버리고
예외를 믿는 연인처럼 입을 맞춘다
사라진 예배당의 감촉과
서로의 회의를 넘다 마주친 부재의 히스테리

허물어지지 않는 담장 곁에서
나는 숨죽이고 있지

네가 풀어 놓은 개의 먹잇감처럼
서로 다른 의지로 스쳐 가는 바람처럼

뚝뚝뚝, 날고기의 핏방울을 흘리던
인기척 없는 백지 위의 이목

그런 유머가 있다

'우리 아버지 이름은 제가 지었어요'

이 무중력의 도시에서
에미애비 없는 세계에서

# 링반데룽(Ringwanderung)


서로 다른 관심을 가진 손가락으로부터
우리는 팽팽해지기 시작한다.
골목 구석구석 자리 잡은
점박이 개들의 목줄처럼
우리는 반대편 화살표에 대해 진지하다.
과거가 남긴 후유증을 혁명이라 부르면
손금의 방향으로 생사가 엇갈리기도 한다. 운명은
오차를 줄이기 위해 진화하고
신호 체계가 없는 고도의 식물성을 꿈꾼다.
평화롭게 앉아 죽은 벌레들이
동충하초가 되듯이
상하의 구분만으로 새로운 시간이 열린다.
왼손을 잡은 손이 왼손일 때와
오른손을 잡은 손이 오른손일 때
우리는 각자의 반대편에 선 얼굴들을
친구라고 부르다 남은 손을 쥐어 줄
누군가를 고민한다.
정확한 한 지점은 서로 다른 지점들을 내포하고
정남향의 집에서도 정북향의 기후가 섞인다.

오른손잡이의 왼발과 왼손잡이의 오른발,
한쪽 발이 올라가는 문제는
양발이 올라가는 것보다 긍정적이다.
경도와 위도가 달라도 동일한 의도를 지닐 수 있고
동일한 의도로 서로 다른 사랑을 나눌 수 있다.
굳게 쥔 주먹의 바깥쪽이
굳게 닫힌 가면의 안쪽만큼 평화로웠다.

# 토르소

지구 반대편에서 발견된 팔이 누군가의 어깨를 감쌀 때
또 한 사람의 다리는 깊은 밤을 절룩거리며 꿈의 방향
을 튼다.

'여기 나 있고 거기 너 있지'*

세계는 환상통을 앓으며 만난다.

생각지도 못한 순간에 솟구쳐 오르는 머리통,
관중석의 환호와 시커먼 사유의 커튼콜.

* 윤영선의 희곡 「키스」의 도입부로부터.

## 태초에 빛이 있으라,
## 지상 최대의 토크쇼에 대한 모국어의 진술


최초의 조명은 문장,
명사와 형용사가 뒤엉킨 무대 위 음속의 빛.
원형의 테두리가 그어지고 희미하게나마
의미의 안과 밖을 구분하는 게 보였다.


한번도 '새'를 발음한 적 없었습니다만 '새'의 한쪽 면은
어둡고 한쪽 면은 밝다는 것쯤 눈치챌 수 있었죠. 수 세기
동안 형용사로 길들여질 '짐승'이나 명사이길 거부했던 '엄
마'도 마찬가지였어요.


태양의 어두운 내장을 비출 수 있는 유일한 조명,
주제도 주인공도 소리 이외의 의무는 없다.
'심장'의 반의어는 '눈빛'. '눈'에서 가장 먼 단어는 '시간'
이었으므로,
'찰나'의 목덜미를 쓰다듬다 보면
핑크빛 속살이 '바람'의 유의어가 될 것도 같았다.
잊어서는 안 되는 여섯 번째 실수,
'인류'라는 단어가 너무 강렬한 나머지 모국어는 스스로
를 움직여

인류의 입속으로 들어갔다는 것.

　자궁 밖 목소리로 햇살을 떠올린 대아처럼, 조물주의 혼 잣말을 믿은 건 실수였어요. 도서관 가장자리 잠든 사내의 꿈속을 배회하거나, 자살 직전 들려온 소음 때문에 매번 변신에 실패하곤 했죠. 백열등에 드러난 폐경기 부인의 알 몸처럼 무언가가 의심스러울 땐 사이즈가 다른 속옷을 껴 입어야 했답니다. '태양'이 태양이 되고 '새'가 새가 되는 광 경을 전 원하지 않았어요.

　태초의 흔적을 찾는 순례자들은 여전히
　아이들의 혀를 짧게 만드는 기도를 올리는 중,
　에덴에서 옮아 온 목감기를 부조리라 불러도 이상할 건 없다.
　코맹맹이 목소리로 비로소 말뿐이었던 지상을 딛고 선
　조물주의 '허세', '사랑'의 게스트하우스들.

　말을 할수록 목이 아닌 심장이 아팠고,
　쉴 새 없이 땀이 흘렀다.

*오해 때문에 속옷까지 벗는 인종이 있을까요?*

440만 년 전 인류의 긴 침묵은 사실주의다.

시니피앙이 입속에 머무는 동안 시니피에는 그림자를
매단다.

오직 방백을 통해서만 예언할 수 있는 인류가

'알락꼬리여우원숭이'보다 좀 더 외롭다는 사실을,

우리는 공연을 전제로만 반복한다.

# 두 단어의 세계


에베레스트 경이 초모랑마*를 발견한 뒤에도
늘어난 건 몇 방울의 잉크.
핼리혜성이나 B612가 발견된 다음에도
몇 가지 수학 공식이 늘어났을 뿐.
노트 정리를 잘하면
곳곳의 세계를 발견할 수 있다.
이름 붙이지 못한 90퍼센트 바다 생물도
약간의 여백이면 충분해.
'모든'이라는 단어가 미래를 예언하고
조물주처럼 보살펴 주고 있기에.
몇 번씩 전쟁을 치렀지만
지우개 가루엔 흔적이 남지 않는다.
반듯하게 접으면 작고 가벼워
죽은 친구의 이름이나
낯선 전화번호 따위가 적혀 있는 지구.
가끔씩 글자를 혼동한 사람들은
바람과 지하철의 공통점을 이야기한다.
이유 없이 울다가, 웃기도 한다.
'우리'라는 단어가 처음 발견되던 날,

외계인이 쓴 방명록 같았다는 아르디**의 소감
그녀의 노트엔 보탤 수 없는 유머가 있다.

# 물수제비

조약돌이 회전하는 순간엔
중력을 잊는다.

골리앗을 쓰러뜨린 돌팔매
아프가니스탄 죄인에게 던져진
군중의 분노처럼.

그리스 시위대의 구호 속에서
묵직한 것들이 떠오른다.
루카니코스와 함께

그림자 낀 수면 위로
낙관주의자의 표정을 씻을 때

지구는, 어쩌다 손에 든 공깃돌 같다.

은하를 모두 잊고
한 사람의 허공으로 자전하는.

# 3부 미아에게

—관객이 모일수록 늘어나는 빈 곳, 그곳을 미아라고 부른다

형광등


삐걱거리는 의자 위에서 유리관을 교체했다.
아르곤 가스를 채운 시간이 하얗게 빛나고 있었다.
골목마다 팡팡 깨트려진, 서른은 장난감 같다.

# 간절기

**봄**

바람을 발음하는 동안 변성기를 앓았다

스스로의 흔적을 피해 날아가는 새들처럼

혀끝이 조심스러웠다

**여름**

검은색 락카를 덧칠한 자전거가 지나가면

녹슨 쇠못으로 긁어 보는 버릇이 생겼다

잃어버린 자전거가 아니라 무지개를 찾고 싶었다

**가을**

행인들의 시선이 닿는 곳마다 이월된 전단이 붙어 있고

전단 속 옷가지들이 지난 절기처럼 너덜거렸다

말뚝박기를 하던 아이들은 올라탄 친구의 모습을 안고
잠들다

초저녁 불빛에서도 나뭇잎 냄새를 풍기곤 했다

**겨울**

사적으로 서 있는 몸을 본다

처음 이곳에 서 있던 몸은 전신주를 닮았다 한다
햇살과 빗방울의 내력으로 그린 동그라미를 품었지만
가슴에 못이 박힌 사람들은 감전을 걱정하며 간격을 벌
렸다


절기가 바뀔 때마다 원인을 알 수 없는 미열이 눈가에
쌓였습니다. 입속 허공을 거쳐 간 전조(前兆)들을 한 옥타
브 낮은 침묵으로 헤아릴 때, 바람의 나이테는 온종일 뒷
골목을 맴돌다 밤이 깊어서야 두 눈으로 돌아왔지요. 덧대
어 간 골목 끝에 빼곡하게 적어 둔 시절을 중저음의 새소
리로 울고 나면, 그 어떤 허공도 혈육이 된답니다. 속이 빈
뼈마디로 피붙이를 움직이는 운명을 날개는 모릅니다. 새
들은 늘 계절과 계절 사이에만 집을 짓습니다. 썩은 것 하
나쯤 남아 있는 자취방처럼, 영원히 녹지 않는 눈물이 하
늘에는 있습니다. 그것은 눈사람을 보며 우는 아버지의 사
연이며, 바람의 화복(禍福)을 점쳐 온 방랑의 내력입니다.

# 밀림

누군가의 손이 한 사람의 손안으로 들어가
악의 없이 주먹을 쥘 때

동그랗게 말린 허공의 밀도는 낡은 지구본을 닮아 간다

빠져나가지 못할 만큼 너무
아프지 않을 만큼

주먹을 감싸는 사랑은 떠받치는 쪽보다 누르는 쪽을 더
섬세하게 여행하고

지명(地名)을 알 수 없는 소도시를 돌아
서로를 일주한 연인들의 방명록을 넘겨 볼 때

명사보다 동사가 많았던 페이지에선 또 다른
생애를 맞이하는 세계의
이면이 드러난다

아프지 않을 만큼만 당신을 후려치고 싶어,

주먹이 빠져나간 저녁마다 옅은 멍 자국이 맺힌 가로등이 켜진다

　멈춰 선 에스컬레이터에 서서 당신과 빈 곳을 번갈아 바라보는 사이
　주먹을 쥔 채로 외투에 찔러 넣은 것들은

　눈물보다 습한 밀림을 이룬다 안쪽은 왜
　곁이 없는 오지로 남는 것인지를

# 미아에게


여름내 자신의 꼬리를 물고 잠든 개에게서
독신(獨身)이라는 말을 배웠다


하나의 원을 그리기 위해 필요한 건 편파적인 생애


매일 밤 수직의 고단함을 은폐하던 양초와
떨어진 후에야 벚나무의 내력을 각주로 덧붙이던 벚꽃처럼


외로움이란 연필심 묻어나는 모양자를 가져갈 뿐
변명의 궤도를 그려 오지 않는다


눈감지 못한 혈육의 눈꺼풀을 쓸어내릴 때
동공의 연륜을 따라 반짝이던 별빛들이 물이 되어 흘러
내린다


홀로 마신 저녁을 게워 낸 물새가
눈 속으로 들어온 별빛을 뒤적거리며 날아가는 곳,
지구라는 푸른 경이(驚異)를 한 장 엽서로 보내온 오빠
에게

누이는 사신의 화법이 우주 비행사의 두 눈을 닮아 있
음을 슬퍼한다


　　객사한 직계의 시신을 대문 앞에 두는 풍습을
　　원근(遠近)이 어긋난 삶에 대한 예의라고 생각했으나
　　서로를 침범하지 않을 만큼만 나이테를 늘려 가면
　　익숙한 곳에서부터 길을 잃곤 했다


　　보름달이 뜨는 날마다
　　한평생 대문을 열고 잔 노모(老母)가 사방을 걸어 잠근 채
　　동공 속에 떨어진 연필심을 털어 낸다고


　　되돌아온 손을 잡으면 중력이 없는 슬픔에도 눈물이 고
였다


　　서로 다른 윤곽으로 맴도는 우주의 한 이름, 미아
　　일생에 두 번 타인의 원주를 지나야만 한다

# 그해 가을

── 매미들이 저마다의 짝을 찾고 사라진 후에도 허물은 그 자리를 지키고
있습니다 갈라진 등껍질에 귀를 가져가면 지난여름의 선성(蟬聲)이
들려옵니다 지상의 계절이 일곱 번 돌아오는 동안 한번도 들어 보지
못한 자신의 울음을 그는 속이 빈 껍질 속에 모으고 있었습니다 근본을
찾을 수 없는 이들에겐 유년의 자신이 무척 그리운 법입니다


여름의 끝을 본 적이 있는가


얼마나 울어야 나는
너의 허물을 버릴 수 있는가


허물 속에 쌓인 대기의 뜨거움이란, 시린
가을밤에도
하지(夏至)의 햇살들을 놓아주지 않는다


고백을 묻으면 꽃이 피어난다는 그곳
심장이 뛸 때마다 펼쳐진다는
연갈색 벌판 아래


너는 여름의 마디를 품고서 다시
내려가야만 한다


죽음보다 높고 시린 굴곡을 지나

스스로도 허물어뜨리지 못한
폐허의 생태를 향해

되돌아올 여름은
여름의 곁으로 다가갈수록 낯선
계절이 된다

허공의 손을 미아처럼 붙들고,
미성년의 주파수로 바스락거리던

사람의 빈자리는 어떻게 침묵을 견디는가

매미가 없는 날들의 울음이 들릴 때
그들의 성대를 여행이라 부를 수 있다면 나는

벌레의 소리로 나를 건너고 싶을 것이다

## 지주망(蜘蛛網)


그물을 집으로 바꾸기 위해 나는
독을 품어야 했다
모든 생활을 허공에 걸고,
어미의 살점을 먹고 자란 패륜이며
배우자의 목숨을 얻어야만 끝나는 생식(生殖)의
아슬아슬함까지도
나는,
무수한 전조(前兆)들로 이루어진 그물 위에 모두
풀어 놓아야 했다
커튼도 창턱도 없는 둘레를 뒤져 보면
매일 아침, 건밤의 사리처럼 맺힌 이슬과
그 이슬에 비친 사람들의 얼굴이
그물 위
빠듯한 세간마냥 여겨질 때도 있었다
무심하게 그물을 흔드는 바람은 내게서
숨겨 둔 다리를 꺼내어 읽고,
영문도 모른 채 허우적거리던 나비는 더 이상
타인의 방에서 눈물짓지 않는다 그러나
아무도 찾아오지 않는 한낮이면

나는 몇 가닥 적빈(赤貧)을 전신주에 이어
미세한 전류를 타고 내려오는
불 꺼진 가계(家系)의 내력이라던가,
사람이 사람을 집어삼키는 오랜 사연들을
친족의 이야기처럼 엿듣는다
제 속에서 뽑아낸 그물을 디디고서
투명하고 질긴 것들을 눈감아야 하는 슬픔은
늦은 가을의 밀밭보다 서러웠다
나의 생애는 흔들렸을 뿐,
어느 세상에도 죄를 짓진 않았으나
독을 품고 윙윙거리는
젖은 속내를 모두 죽여야만 한다

## 열대야

벌레 물린 자리에 또 벌레가 날아든다.

깜깜한 얼굴 뒤편에
촛불 하나가 타고 있었다.

상가에 걸린 조등처럼,
예의가 갖춰진 이별은
글씨보다 밝다.

긁은 데를 또 긁었고
조금씩 얇아지는 살점에서
빛이 새어 나올 때

그 빛에 비춰 타인의 꽃이 피어날 때

감정은 아픔을 모르므로
피를 흘린다.
서로를 향해 떠나갈 수 있다.

하나 둘 지상의 촛불이 모여들면
먼 나라의 저녁에 가까워지는 당신,
꽃다발 새 끼워 둔 편지처럼

우리는 오독을 기다린다.

민낯의 향기를 머금고,
까맣게 그을린 심지를 또 자르며.

# 자화상

살색을 칠하지 않은 그림은
이목구비가 순했다.

서로 같은 극을 맞댄 자석처럼
고요히 떠올랐다.

깨진 거울에 비친 하늘을 날기 위해선
날개를 접을 것.

종이와 나 사이
때때로 얼굴 속 울타리를 넘어온
계절이 삐져나온다.

난생(卵生)은 어떤 표정을 지을까?
날개가 짝짝이인 새들의 생가는 어떤 색일까?

시간이 지날수록 동화 속 키다리 미녀들의 대사가 슬퍼요.
부엉이나 두꺼비를 닮은 악당들도 슬퍼요.
가장자리부터 변해 가는 종이의 생애 따윈 말도 못할

만큼 슬퍼서
　새까맣게 칠해 버렸어요.


　아가, 오늘은 형광색뿐이란다.


　그림일기를 검사 받은 어제가
　오늘을 벌로 받아 온다.
　스스로를 부화시킨 닮음이
　쑥쑥 자라고 있다.


　'반칙' '반칙', 카메라 플래시의 눈부심.

# 화이트 노이즈

― 내부로부터의 소음을 잊기 위해 나는 울었다
  그리고 슬퍼졌다


만년필을 빠져나온 자(字)들이 저녁을 옮기는 동안
백지 밖으로 떨어진 별똥은
날벌레들의 옅은 대기에 밑줄을 긋는다
'염소'라든가, '물병'같이
애써 숨기지 않아도 아름다운 별자리처럼,
저녁으로부터 가장 먼 쪽으로 레일을 까는
쓰이지 못한 자들의 광휘
늦은 밤, 달빛 대신 신호등이 비춰지고
동물원 우리에선 주인 없는 전리품들이 붐볐지만
매일 아침 행간을 띄우던 저녁은
한 번도 스스로를 배반하지 않았다
발 없는 말들이 몸속 천리를 돌아
더는 갈 곳을 잃고 침묵으로 변해 갈 때,
뒤따라온 어감(語感)들은 어디로 흐르는 것일까
갓난아이의 옹알이로 슬픔을 얘기하던 화가는
토막 난 달빛에 고막을 그린 후에야,
'아이'라는 자 가까이 귀를 댈 수 있었다는데
나이가 찰수록 귀가 순해지는 것도
'사람'이 아니라 그 자 내부의 광기라는 생각

발광하는 별똥을 향해 태몽을 꾸는 날벌레들과
한 줄 비문(非文)을 가슴에 품어
비문(悲文)으로 남은 소설을 본 적이 있다
우주라는 저녁에 가면
핏빛 아침이 그리워진다는 사실을
진공(眞空)을 겪어 본 자들은 알 것이다
잉크가 말라 버린 만년필을 지니고서야
받아 적을 수 있는 예외가 있고
그 예외를 읽고서야 완성되는 예의가 있다
그러므로, 자신의 뇌를 보지 못한 문명인들에게
'지나친 묵음은 인생에 해롭다'

# 사춘기 아침

어떤 장르에는 대사가 없다

'얘기하는 사람 1'과 '지나가는 사람 2'는 수군거림으로
명백해진다

주인공 B를 기다리는 플랫폼에서 비둘기 몇 마리가 방
치되었다

대사와는 무관하지만 그들도 목적이 있었다

잡지를 접은 두 손이 비슷한 뉘앙스로 포켓에 들어간다

잠복한 형사들의 수만큼 일상에서 가족을 만난다

그런 날이면 이유 없이 녹차가 썼고

두고 온 가방을 찾기 위해 지난밤을 뒤졌다

스카치테이프로 개미를 잡는 엄마와

죽은 개미의 수만큼 악몽이 발견되곤 했다

개종한 다음날에도 신발에 껌이 붙는 이유를

젖꼭판에 털이 자라는 것처럼 이해할 수 없었다

누나의 속옷이 청바지에 물들고

물 빠진 청바지에 핑크색 얼룩이 남아도

햇살은 처음부터 색깔에만 관심을 두었다.

주인공 B가 떠나가는 플랫폼에

장르에 없던 도둑고양이가 들어온다

도둑고양이를 발로 차는 누군가
C에게 고함을 지른다
'아버지 1'이 울렁거림으로 희미해진다
식탁에 올릴 생선 대가리 속으로
독이 든 저녁을 넣고 싶었다
무심코 껴안은 사람들과
지하철마다 부딪히는 그들의 성기가
두 눈을 예외로 만든다 나는
안개, 안개 같았다

# 고스트 라이터


퇴고하지 않은 저녁이 온다

비문 속 아내는 새들의 귀를 잘라
밥 무덤을 만든다

오체투지(伍體投地)하는 삶의 감각을 환상통이라고 부른
이래,
쓰지 않은 연필심이 닳아 버릴 때도 있었다

허구와 병듦, 수식 없는 문장을 쓸 때마다
신열이 올랐지만

나의 전기엔 인칭을 붙여 줄 생애가 없었다

소설의 유의어가 소설책이라고 적힌 사전을 펼쳐 놓고
체위라는 단어가 얼마나 길고 쓸쓸한 속내인지 헤아려
본 일,

산 사람의 영혼을 말하기 위해

죽은 시인만을 참고해야 했던 시절도 있었다

한낮의 맹목에도 숨은 귀신을 훤히 깨닫던 점쟁이는
타인의 서두(序頭)를 밥줄처럼 감췄는데

밤새워 촛불을 밝히던 하숙집에 가면
외풍을 사랑하게 된다는 원작자의 엄살도

가끔은 제 살처럼 만져지는 감정을 불러다 준다

그런 감정을 무릎이라고 부르던 날,
나의 슬하도 직각에 가까운 안심을 느낀다
으깨진 무릎은 보이지 않아도 접을 수 있는 것

문턱에 걸린 멍 자국보다 촌스럽게
책장 너머에도 얼룩이 밴다

나는 다시 소리 없이 걸어가야 하고
퇴고를 마친 저녁을 각본의 사인(死因)이라 부른다

# 외곽

마지막으로 나눈 대화는 마중에 관한 것이었다.

우리 내부에 우주가 있다는 말보다
무대가 있다는 말이 더 승산이 있다는 거.

당신을 기다리는 시간엔 제명된 명왕성이 궤도를 돌고
수명을 다한 인공위성도 빛을 낸다.
그런 하늘 밑으로 별똥이 떨어진다면
별똥을 보며 빌었던 소원은
입구와 출구가 동일하다는 거.

억지로 내뱉은 인사말이
실수로 내뱉은 대사보다 자연스러울 때
당신의 무대를 상상하면
나는 늘 분장실에 기거한다는 거.

그런 곳에 가면 별똥 대신
진짜 똥이 떨어지기도 한다는 거.

외부순환로를 타고

아버지의 문상을 다녀오는 시간,

모든 마중이 사선으로 돌아오는 택시 안에서


오래전 당신처럼 울었다는 것.

# 첸치 일가

―두려워, 죽음이 결국 내가
아버지를 닮고 말았다는 사실을 깨우쳐 줄까 봐[*]

비누가 내 몸을 녹여 수챗구멍 속으로 밀어 넣고 있다. 구멍에 끼인 채 꺽꺽 소용돌이치는 동안 정체된 몸에는 몇 겹 주름이 잡혔다. 몸이 빠져나간 자리엔 자라난 머리털과 음모 위로 또다시 아버지의 몸통이 막힐지 모른다. 배수관을 내려가며 우리는 한통속이라 여겨졌고 이런 곳에서 근친을 한다면 가루비누를 낳을 것도 같았다. 심장이 두근거리는 까닭은 누군가가 사라지고 있다는 증거 그러나 증거만으로는 죄가 될 수 없었다. 대성당의 종소리를 듣고서야 정오나 하오를 떠올리는 사람들에게 죽음은 선언할 수 없는 진실이었으므로 값싼 순교는 근본을 소중히 여기며 사는 것이었다. 암살자에겐 늘 미모의 애인이 있었고 그들의 아들딸들은 모두 양자로 키워진다. 마침내 최초의 희생자가 자신이었음을 누설할 때 한 가족은 편력을 완성한다. 거품이 부글거리는 추도의 시간, 전라의 마리아가 샤워를 하러 들어온다. 그녀에겐 음모가 필요 없었다. 핏줄이 더러워서 눈물이 나는 것이 아니라 늘 처녀였기 때문에 사연이 슬픈 거였다.

* 아르토의 희곡 「첸치 일가」의 마지막 대사.

4부 블랙 마리아

# 출애굽

혁명을 신봉하지 않는 풍경 속에서
나는 늘 기적의 뒤편에 서 있는 사람.
선동한 봄날에 깨어지다 마침내
벽이 되고 마는 사람.

## 마네킹 스트리트

말기의 어둠을 앓고서도
내가 할 수 있는 건 그저 사람을 닮아 가는 일


누구보다 먼저 사람의 외투를 입고
안감에 맞닿은 피부를 동감하고


피부 깊숙이 남은 햇살의 허물이며
비대칭무늬를 가진 당신이라는 얼룩까지도


나는 속이 하얗게 빈 플라스틱 통로를 따라 예감하곤
했다


몇 번의 겨울이 봄을 절반이나 물고 가는 동안
　사람들은 운때가 맞지 않는 바람을 피히려 머리끝까지
단추를 채웠지만 그러나


　체온이 흘려보낸 냉기는 늘 외투 속에 있어
　성기도 젖꽃판도 없는 알몸으로 건넨 옷가지들이, 그만
큼의 사이즈로 길들인 연애마저

이월(移越)된 가족사를 떠올리게 만든다

오랫동안 허리띠를 졸라맨 자리엔 검푸른 피부와 검게
곪은 내장과
검은 계절들이 울퉁불퉁하다 그러므로 말기의 어둠을
앓던 내게도 한 칸씩

한 칸씩 구멍을 줄여야만 하는 질긴 쇠가죽 같은 호칭
이 남아 있을지 모를 일

21세기의 거리에 나가면 아직도 움직이는 마네킹을 기적
이라 부르고
사랑이니 연민이니 하는 것들의 보행을 허가한다

쇼윈도에 입김을 불다 겨우 겨우 제 얼굴을 알아보는 절
망을
산 채로 관 뚜껑을 닫듯 중략할 수 있을까
타인의 패션이 어떤 침묵보다 도덕적으로 읽히는 새벽

무단횡단을 감행한 소년 무리가 바람의 피팅 모델을 자처한다

　이동과 정지의 틈새를 비호하는 신호등 아래, 죽어서도 기껏 공산품으로 분류되는 혁신?
　무딘 세일을 끝낸 불빛이 비친다, 그 빛

　말랑말랑한 플라스틱 통로가 환하도록, 동공의 유행을 본다

# 유물론

산업과 혁명이 서로를 유보하는 밤, 한 무리 인형들이
자정 부근을 지난다

별빛과 달빛의 노동이 미치지 않는 그곳엔
외눈박이 고양이의 눈알이 북극성으로 빛나고 있었다

아홉 목숨에 하나의 눈이 남는다는 건 눈썰미로 완성되
는 생계의 반을 내어 주는 일

어떤 상인도 자신이 가진 것보다 많은 심장을 거래하지
않았지만
북극성을 따라 걷는 인형들은 채 본드가 마르지 않은
이목구비로

위태로운 천사의 날갯죽지며 머리만 남은 마술사의 무게
를 가늠하기도 했다

중력으로 남긴 이윤을 장물처럼 거래하는 담장 위엔
옹기종기 모인 굴뚝새들이 화약 냄새를 풍기는 별똥별을

꿈꾸다, 떨어져 나간
　인형의 태명이며 모국어 따위를 물고 온다


　핏속을 흐르는 야상곡조차 한낱 몽유병자의 아침이란
걸 알고 난 이후부터,
　철야를 끝낸 본드 냄새는 더 이상 영혼이 아니었으므로


　외눈박이 고양이는 감은 눈을 다시 한 번 감아
　죽음의 모든 방위를 한 장 지폐 속에 감춰 두려 한다


　왔던 길을 돌고 돌아 여전히 자정의 부근인 근대,
　유적만 남은 식민지인들이 그들을 꼭 닮은 유물을 찍고
계통수를 그리고 시세를 모의한다
　끝끝내 도래할 유일신의 장외거래에선 잘못 조립된 인형
들의 단추를 사고판다


　인형 속 인형이 타인의 눈을 뜨고 만든 피라미드마다
　태양을 입에 넣어 만든 설화 속 주인공들, 그들을 비호
하는

내일이란 파라오가 기원전 몽상에 방부제를 덧씌운다

차곡차곡 땅을 일궈 핏빛 벽돌을 뿌리는 잔업과도 같이
도시를 미생물로 쓰는 현생 인류의 생태학

북반구로 갈수록 버려진 인형들의 머리털이 길어진다

# 블랙 마리아*


호주머니를 빠져나간 동전이
악착같이 원을 그린다

원을 그리는 것은 우연에 가까웠지만
몇 번의 우연이 반복되면
소문이 되기도 한다

장롱 밑으로 들어간
립스틱 뚜껑과
헤어진 애인의 약혼 반지
한쪽만 남은 나방의 날개 따위

동전은 자신이 그린 원의 내부에서 공상에 빠졌을 것이다

환영(幻影)을 만드는 기술은
천상에서 죄지은 자들의 몫이라 여겨졌지만,
장롱 밑 수수께끼를 풀기 위한 극장에선
착취당한 빛줄기들의 잠음이 희끗거렸다

철없이 기어 나온 늙은 바퀴벌레
영문을 알 수 없는 긴 머리카락

혁명을 꿈꾸기 위해선 정말로 방을 바꿔야 한다

환영을 보려다 피를 본 아이들이
장롱 속에서 잠든다
그들의 꿈속에서 메시아는 조금 억울했다

*엄마, 오백 원만.*
*아직도 내가 니 에미로 보이니?*
*그러니까 오백 원만.*

---

\* 토마스 에디슨(Thomas Edison)과 그의 조수인 윌리엄 딕슨(William K.
L. Dickson)이 고안한 세계 최초의 영화 촬영 스튜디오.

# 화이트 노이즈
— 속취(俗臭)와 아기(雅氣)


깊은 밤에는 손톱을 자르지 말아야 한다.


겉 담배를 피우고 겉멋을 내는 동안에도
지켜야 할 신념 같은 게 있으면 좋았다.


떡볶이를 은어로 사용하다니,
삶은 계란에다 야끼만두까지 섞어 먹겠다!


그러나 부어터진 밀가루 떡은 거저 나오는 법이 없었고
떡볶이 국물에 얼룩진 나이키 운동화는
이름만 남은 아이들을 일상 어디론가 밀어 넣곤 했다.


그 신을 신고서 가 보지 못한 곳은 까맣게 타 버린 그년
의 속내*가 아니야.
그러한 속내를 가진 년들의 고상함이었지.


담벼락에 들러붙어 담장의 취미처럼 흔들리던 여름날,
발가벗겨져 쫓겨난 아이가 손톱을 깨물고 있었다.
제 몸 전부를 씹어 일상을 가리고 있었다.

여러분, 순수함이 뭐라고 생각하십니까?
교실의 에어컨을 끄며 담임교사가 물었다.

깊은 밤 자른 손톱을 먹고서도
나로 변하지 못한 짐승들의 울음이 들렸다.

몇 마디 은어를 배우기 위해선 상상의 음란성보다,
수학 교과서로 가린 포르노와
창세기 1장 28절**을 읽어야 한다.

* 박종국의 시 「배」의 한 구절을 변용.
** "생육하고, 번성하라, 땅을 정복하라."

# 무운시(Blank Verse)


말기의 암환자는
자신의 병이 운이라고 했다.
아이를 업은 아내도, 수차례 수술을 집도한 주치의도
운이라는 단어에 고개를 끄덕였다.

대장운과 위장운
그리고 얼마간의
간운.

오장육부에 퍼진 운들이 깨어날수록
운명도 이름을 달리했지만,
때로는 운명의 이름들 사이에
낭만이라는 뜻이 섞이기도 했을 것이다.

두운과
요운과
각운을 맞춰 온 일생처럼,
온몸의 운율로 써 내려간
정형의 행간.

죽음은 어떤 염문에도 규칙을 어기지 않는다 했다.

능숙한 수사로 상처를 꿰맨 자리에
무의식 깊은 곳까지 방사선을 쬐어야 했던 비문이
완치되지 않는 은유로 전이된다.

환영은 정말 블랭크에만 숨어드는 것일까?

운이 있어 사랑을 하고
운이 있어 몸부림쳤으나
말기의 암을 키워 낸 것은 타인의 리듬들.

링거 병에 비춰진 낙원을 본 것처럼
백지의 고요가 불타오른다.

# 분신(焚身)


눈먼 사진사가 찍어 낸 하늘에 한 줄 사선(斜線)이 그어
졌다

반짝이는 것들의 외로움이란
보이지 않는 곳에서부터 파문으로 일어날 때
흔들린 초점 끝에서
한쪽 눈을 감았을 때

내내 5월은 어두웠고, 구름은 여전히 빌딩 모서리마다
맨살을 부빈다

중심을 향한 외침이 몸을 태우다
조그마한 돌멩이로 희석되고 마는,
누군가에게 혁명은 진위가 아니라 끊임없이
궤도를 이탈해 온 감정일 뿐

한 줄 사선의 내력을 설명하기 위해선
비껴 나간 소혹성의 소감도 읽을 줄 알아야 한다

지겹도록 고마운 사람들아.*

　별똥을 보며 내린 예언은 가슴을 시리게 한다, 말하던
한 사람 한 사람에게
　신음의 꼬리를 감춘 채 새벽이 밝아 온다
　피로 물든 새들의 날갯짓이 불구를 미화한다

　쓰러진 노동자의 행성을 향해
　대기권에 진입하는 별똥

　봉제된 행성의 말 없는 공전주기가 말똥말똥 시려 온다

* 전태일의 어머니 이소선 여사의 구술을 받아 적은 기록서의 제목.

# 무언극

바다 위 출렁이는
은빛,
사슬을 풀기 위해

파도가 쉼 없이
몸부림친다.

육지에서 밀려드는 자서(自序)가
두 귀를 통과해
녹아내렸다.

파도가 죽으면,
파도의 연인과 사랑마저 죽으면,
사람들은
파도의 주검을 말리고 하얀 뼈를 빨아
장례를 치르려고 했지.

검은 심해가 떠오르지 않도록
저마다 입속에 넣고

침묵하기로 했지.

그러나 너는 좀처럼 죽지 않는 행간,
행간에 고인 슬픔의
폐쇄 회로.

햇살의 조차지 아래
은빛 사슬을 펄럭이는

배후가 없는 너,
4월의 재현(再現) 배우

# 비너스

나와는 손잡지 않으려던 눈들 사이,
월요일의 유리창 너머
눈사람을 찾아 두리번거릴 때
화장기 없는 너를 어루만질 때

눈사람과 눈싸움을 하면
피를 흘릴 수 있을까?
지문(地文)이 없어도
포옹을 할 수 있을까?

모스크바예술극장의 기립 박수를 떠올린다.
색색의 관객들이 두 팔을 벌린다.

# 어느 무정부주의자의 부조리극에 관하여

조재룡(문학평론가·고려대 불문과 교수)

> 나는 이승에서 받은 상처들로 깊이 각인된 영혼을
> 나를 만들었던 신을 향해 도로 던진다. 화재와도
> 같은 이 영혼을 돌려주기 위해서. 이 영혼이 신의
> 저 창조하는 나쁜 버릇을 어서 그만 고쳐 주기를!
> ── 앙토냉 아르토

기혁의 시는 잡힐 듯 잡히지 않는다. 개별 작품뿐만 아니라 시집 원고를 받아 든 지금에도 그렇다고 말하려면 설명이 좀 필요할지도 모르겠다. 잡히지 않는다는 것은 그의 시가 모호성의 세계를 임의로 선택했다는 것을 의미하는 게 아니라, 여럿으로 나누어 분화된 세계를 한 작품에 포개어서 미지의 교집합을 산출하는 독특한 방식에 의존해 우리에게 무언가를 내려놓거나, 한 작품의 화자가 아직 당도하지 않은 여러 갈래의 세계로 뻗어 나가는 감각적 화법을 구사한다는 사실을 말하는 것이기에, 오히려 기혁 시 전반의 구성적 특성에 가깝다고 해야 한다. 인과 관계가 자주 부정되고 탈구되어 버리는 맥락들, 이치를 따져 보아도 여간해서는 성립하지 않는 모양새로 공존을 모색하는 개념들, 소실점을 바라보지 않는 의미의 항(項)들을 그러모아, 기이하다고 말할 수밖에 없는 상태를 시라는 무대 위에다 하나로 펼쳐 내려 시도하고 있는 것은 아닐까? 기혁은 의미를 만들어 가는 과정에 무게를 두고서 문장을 하나씩 채근해 나가는 시인이 아니다. 그는 의미가 되지 않는 것들과 되지 않을 것들을 연결해, 결국 고유한 의미의 집 하나를 짓는 일에 몰두한다. 이야기할 것이 하나 더 있다. 기혁이 무대를 꾸미는 데 능숙한 시인이라고 한다면, 이는 두 가지 관점에서 그렇다고 해야 한다. 일관된 사건이나 배우들의 개성, 연출의 명료한 의도를 잘 흡수한 대사의 묘미를 시라는 무대에서 맛보리라 기대한 관객이라면 능숙하다는 말에 동의할 수 없을 것이고, 개연성이나 자의성의 자장 속에서 세계의 다발적인 화면들을 재구성한 환상극 한 편을 예상한 관객이라면 그의 퍼포먼스에 환호를 보낼 수도 있을 것이다. 우리는 그의 시가 펼쳐 낸 이 기이한 무대를, 연결 고리를 상실한 장면들을 덧대어 인과성을 방기해 나가는 즉흥극이며, 관객의 불확실한 감정을 연출자의 서사에 동화시키는 대신 지속적으로 이화(異化)시켜 나감으로써 낯섦을 체현하게 만드는 우울한 서사극이자, 편편히 분산된 이질적인 화면들을 한곳에 포개면서, 삶의 비극과 우수, 고뇌와 절망을 예상치 못한 극적 체험으로 되살려 내는 데 집중하는 한 편의 부조리극이라 부르려고 한다.

## 미아의 무대―절망한 나날들의 기록

　시간이 순간의 구조물일 뿐이라면, 사실 우리는, 매일을 착각 속에서 살고 있는 것인지도 모른다. 착각은 시곗바늘이 돌면서 꼬박꼬박 환기해 주는 커다란 원의 정박지만큼이나 교묘하고 형식적이라서 어지간해서는 벗어나기 어렵다. 시간을 배반하려면 동그라미 안에 네모를 그려 넣어 보려는 사유가 필요하다는 사실을 기혁은 언제부터 알고 있었던 것일까?

　　유년의 인디고 물감이 빠진 자리엔
　　상처마다 덧댄 물고기 패치가
　　아가미를 뻐끔거려.

　　엄마의 손을 놓친 것들은 왜 멋이 있을까?
　　서쪽으로 돌아 나온 것들은 왜
　　명찰이 없는 것일까?

　　유령처럼 미아가 되었을 때
　　우리는 청바지를 입고 있었지.

　　(……)

접어 올리지 못한 그림자의 밑단과
후렴뿐인 유행가의 이별도
뒷모습의 치수로만 슬픔을 표시한다지.

가장 아픈 곳은 사람의 손을 탄 곳일 텐데?

저마다 폼을 잡는 세계에서
이별은 가장 근사한 워싱의 방식.

타인의 상처가 옅어질수록
서로를,
바다로 알고 헤엄쳐 다니려 하지.
　　　　　　　　　　　　　　—「골드러시」에서


　시집의 첫 작품은 그러니까 사춘기의 꿈이 깨진 순간에
조차 시인이 어른의 시간으로 입사하지 못한다는 점을 말
하고 있기에 매우 상징적이다. "저마다 폼을 잡는 세계"는
사춘기에 흔히 목격되는 (감정적) 탈선이나 멋 부린 태도와
미묘하게 맞닿아 있지만, "청바지를 입고 있었다"는 저 시
절의 은유는 그 천에 스머든 물감들과도 같은 삶의 자잘한
얼룩들을 지금-여기에서도 보존해 내려는 기이한 의지를
오히려 시인이 돋우고 있는 것은 아닌가 하는 관점에서 작
품을 읽게 만든다. 어른의 손을 놓친 것이 아니라 내가 그

손을 자발적으로 놓아서 기혁이 미아가 되려 한다는 사실에 주목할 필요가 있다. 그렇다면 "유령처럼 미아가 되었을 때", 미성숙의 성숙으로의 이행에 필요한 전 단계와 그때의 감정을 그는 왜 벗어나려 하지 않는 것일까? 그렇게 해야 비로소 볼 수 있는 세계가 있기라도 한 것일까? 그 시절의 추상적 체념과 현실적 좌절, 상실의 상념과 막연한 절망에서 벌써 그는, 성인이 된 이후 숱하게 마주하게 될 한없이 속되고 진부한 감정들의 조감도를 보았다고 말한다.

　뭐라고 불러야 하지?


　바람을 시련이라 배운 아이들이 커서,
　연애를 하면
　그 연애 때문에 보아야 할
　바람의 핏줄이며
　푸른 목젖의 울렁거림을


　(······)


　생애의 근대를 한 사람에게 내어 주는 일에는
　또 어떤 풍문이 필요한 거지?


　토네이도가 지나간 자리에

꼭 껴안은 인형의 주검이 보였어

빌딩과 자동차를 날려 버린 자연보다 더

지독한 풍문이

인형과 인형 사이에 버티고 있었어


바람을 배운 뒤에도

바람과 입 맞출 수 있었던

추운 플라스틱의 꿈결들아,

——「나비잠」에서


"바람을 시련이라 배운 아이들"은 "꼭 껴안은 인형의 주검"처럼 죽은 채로 성인이 되었거나, 성인이 되어도 죽어 있을 뿐이어서, 공히 '사후'(postmortem)를 살아갈 수밖에 없(었)을 것이다. 그런데 그것을 말하는 이 목소리는 왜 사춘기의 그것과 닮아야 하는가? 이상한 느낌이 들지 않는가? 기혁은 삶에 나침반이 될 수도 있었을 사상에로의 몰입("생애의 근대를 한 사람에게 내어 주는 일")을 통념에 의탁하여 수용하는 사춘기의 일을 불신하거나 매우 진부한 행위로 치부함으로써, 성장을 부정하는 것이 아니라 의식적으로 저버리려 한다. "토네이도가 지나간 자리"에 "인형의 주검"만이 보일 뿐이라면, 이 세계는 벌써 사망을 선고한 것이나 다름없는 것이며, 결국 "지독한 풍문"은 맞서 싸우고 물리칠 대상이 아니라, 어른의 세계에 대한 가차 없는

불신을 확정된 사실로 받아들일 수밖에 없는 고정 점처럼
시에 내려앉는다. 참혹함을 기정사실로 인식한 후의 풍경
들로 꾸려진 무대를 서둘러 준비해야만 하는 이유가 여기
서 생겨나는 것이라면, 이 무대가 어떻게 부조리한 성격을
저버릴 수 있을까.

하나의 원을 그리기 위해 필요한 건 편파적인 생애

매일 밤 수직의 고단함을 은폐하던 양초와
떨어진 후에야 벚나무의 내력을 각주로 덧붙이던 벚꽃처럼

외로움이란 연필심 묻어나는 모양자를 가져갈 뿐
변명의 궤도를 그려 오지 않는다

——「미아에게」에서

허공의 손을 미아처럼 붙들고,
미성년의 주파수로 바스락거리던

사람의 빈자리는 어떻게 침묵을 견디는가

——「그해 가을」에서

명사보다 동사가 많았던 페이지에선 또 다른
생애를 맞이하는 세계의

이면이 드러난다

—「밀림」에서

 "또 다른 생애를 맞이하는 세계의 이면"을 보았다는 말
은 조숙한 천재에게 간혹 목격되는 때 이른 절망과 흡사하
다. 그러나 우리가 미처 인용하지 않은 나머지 부분을 참조
할 때, 그것은 오히려 주먹을 넣었다 뺐다 하는 어릴 적 놀
이에서 벌써 이 시인이 구태의연하게 반복되는(될) 세계의
지루함과 지리멸렬을 학습했다는 식의, 조숙한 목소리를 시
의 기본 어조로 삼고자 한다는 사실을 말해 준다. 기혁의
시가 때론 낭만적인 어투에 기대어, 때론 감정의 절묘한 흐
름에 몸을 맡겨 돋우는 자기만의 목소리는 "동사가 많았던
페이지"의 주인이었던 시절 벌써 마련되었다고 해야 할 것
같다. 그러니까 "하나의 원을 그리기 위"한 이 "편파적인 생
애"의 무대는 이때 착수된 것이나 다름없으며, 그게 아니라
면 적어도 무대의 연출가는 바로 이 목소리의 주인공일 것
이다. 그는 이렇게 미아가 되거나 미아의 상태에서만 세계
를 견뎌 내고 바라보려 한다. 미아의 자격으로만 이 세계에
서 돌려받을 수 있는 감정이 따로 존재하기라도 한다는 것
일까? 기혁의 시 전반을 지배하고 있는 이 낭만적이면서 이
지적인 목소리는 지금-여기의 세계를 의구로 들끓게 만들
고 빈번히 시차를 어긋나게 하면서 "지구라는 푸른 경이
(驚異)"(「미아에게」)를 내내 불편하게 재현하면서 무대 위로

끌고 올 것이다. "서로 다른 윤곽으로 맴도는 우주의 한 이름"인 "미아"가 "일생에 두 번 타인의 원주를 지나야만 한다"고 말할 때, 그것은 단순히 탄생과 죽음에 대한 메타포나 아포리즘에 의지한 경구가 아니라, 그 무엇과도 끝내 화해할 수 없는 고독, 끊임없이 엇나가는 타자와 나, 이 세계의 이해 불가능성을 재빨리 알아챈 자가 쏟아 내는 절망적인 표현에 가깝다고 할 수밖에 없다. 사실, 누구나 그 시절엔 그랬기 때문이다. 그러나 어른이 되어서도 누구나 그렇게 하는 것은 아니다. "개종한 다음날에도 신발에 껌이 붙은 이유를/ 젖꽃판에 털이 자라는 것처럼 이해할 수 없었"(「사춘기 아침」)으며 "근본을 찾을 수 없는 이들에겐 유년의 자신이 무척 그리운 법"(「그해 가을」)이라고 말하는 이 시인에게는 지극히 일상적인 삶, 그러니까 사회를 살아가면서 겪게 되는(될) 거반의 일들 모두가 경이로운 것으로 비추어질 것이며, 역설적으로, 이 세계의 경이를 드러낼 유일한 조건이 바로 미아가 되는 길밖에 없는 것은 아닐까.

우리 내부에 우주가 있다는 말보다
무대가 있다는 말이 더 승산이 있다는 거.


당신을 기다리는 시간엔 제명된 명왕성이 궤도를 돌고
수명을 다한 인공위성도 빛을 낸다.
그런 하늘 밑으로 별똥이 떨어진다면

별똥을 보며 빌었던 소원은

입구와 출구가 동일하다는 거.


억지로 내뱉은 인사말이

실수로 내뱉은 대사보다 자연스러울 때

당신의 무대를 상상하면

나는 늘 분장실에 기서한다는 거.

—「외곽」에서


삐걱거리는 의자 위에서 유리관을 교체했다.

아르곤 가스를 채운 시간이 하얗게 빛나고 있었다.

골목마다 팡팡 깨트려진, 서른은 장난감 같다.

—「형광등」


　무대에 오를 차례를 기다리며 분장실에서 대기하고 있
는 사람은 누구인가? 이 무대는 누구를 위해 마련된 것인
가? 무대란 제멋대로의 꾸밈과 연출이 가능한 곳이며, 삶
의 부조리한 단면들조차 마음껏 펼쳐 낼 작위와 상상의 장
소가 아니었던가? 대본에 따라, 연출에 따라, "나로 변하지
못한 짐승들의 울음"(「화이트 노이즈 ── 속취(俗臭)와 아기(雅
氣)」)이나 "자궁의 어둠 속에서 보았던 지구의 첫울음"(「파
주(坡州)」)으로 지어 올린 "당신의 무대"를 우리는 어떻게
상상할 수 있을까? "장난감" 같은 "서른"이 "하얗게 빛나"

는 "시간"의 무대를 준비한다고 말한다. 문자로 만들어진 조명을 비추며, 배우의 가짓수를 늘리고, 그들의 역할을 복합적으로 분산시킨 다음, 난해한 대본 하나를 들고 미아의 목소리를 돋우면서 그는 우리를 부조리의 세계로 초대하려 한다. 난해함은 서로 다른 몇 개의 이야기를 동시에 궁굴리는 것과도 같은 방식으로 대부분의 작품을 기술하고 있어 필연적으로 발생하는 것이기도 하지만, 공존하기 어려운 것들을 한곳에서 펼쳐 내고자 해서 생겨나고 또 사라지는 그의 시 특성 전반을 말해 주는 것이기도 하다. 이러한 사실을 염두에 두었다면, 당신은 이제 막, "세속의 주기도문을 경멸한"(「화이트 노이즈 ― 알바트로스의 새장에 눈을 들이다」) 미아의 이야기, "마술 고리처럼 검정 테두리"(「4월, 인사동」)로 둘러친 무대 위에서 "식힐 수도 태울 수도 없는 속내가 끓어넘치"(「동반작(同伴作)」)는 기이한 퍼포먼스를 관람하기 위해 필요한 티켓 한 장을 손에 쥔 것이나 다름이 없다.


## 자의성과 개연성의 무대 ― 환상통의 연출가

현실의 이면을 떠다가, 불확실성이라는 삶의 저 유령과도 같은 양상들을 포착해 내려는 시인은 세계와 우주 사이에서 유비를 꿈꾸거나 추상이나 형이상학에 들떠 한없이 먼 곳을 바라보고자 하는 원시(遠視)의 열망에 사로잡힌 자가 아니라, 의미의 거주지에 안착하지 못하고 비명처럼 뭉쳐 있는 말들의 자의성(恣意性)과 행위의 우연성, 일어날 수 있을 법한 개연성의 세계를 기록하려고 캄캄한 도시 저 구석을 방문하여, 과거의 죽음과 현재의 죽음을 오롯이 하나의 무대 위에 펼쳐 내려는 사람이다. 기혁은 이 세계의 자명함을 거부하고 예견할 수 없이 미끄러지는 불분명성에 주목하지만, 그 사유와 감정 사이사이를 맺고 연결해 내는 느슨하고도 이상한 논리에도 귀를 기울인다. '아프다'고 크게 입을 벌린 내 앞에서 오히려 환한 미소를 보았다고 말하는 타자의 착시와 이명(耳鳴)을 경청하려 한다고 해야 할까?

서로 다른 관심을 가진 손가락으로부터
우리는 팽팽해지기 시작한다.
골목 구석구석 자리 잡은
점박이 개들의 목줄처럼
우리는 반대편 화살표에 대해 진지하다.
과거가 남긴 후유증을 혁명이라 부르면
손금의 방향으로 생사가 엇갈리기도 한다. 운명은
오차를 줄이기 위해 진화하고
신호 체계가 없는 고도의 식물성을 꿈꾼다.
평화롭게 앉아 죽은 벌레들이

동충하초가 되듯이

상하의 구분만으로 새로운 시간이 열린다.

왼손을 잡은 손이 왼손일 때와

오른손을 잡은 손이 오른손일 때

우리는 각자의 반대편에 선 얼굴들을

친구라고 부르다 남은 손을 쥐어 줄

누군가를 고민한다.

정확한 한 지점은 서로 다른 지점들을 내포하고

정남향의 집에서도 정북향의 기후가 섞인다.

오른손잡이의 왼발과 왼손잡이의 오른발,

한쪽 발이 올라가는 문제는

양발이 올라가는 것보다 긍정적이다.

경도와 위도가 달라도 동일한 의도를 지닐 수 있고

동일한 의도로 서로 다른 사랑을 나눌 수 있다.

굳게 쥔 주먹의 바깥쪽이

굳게 닫힌 가면의 안쪽만큼 평화로웠다.

　　　　　　　　　—「링반데룽(Ringwanderung)」


　모든 것이 방향을 잃고 공점(空點)을 빙글빙글 맴돈다. "손금의 방향으로 생사가 엇갈"린다는 것은 그가 생각한 삶의 저 예기치 못한 허수인가, 아니면 이 세계의 진리인가? 왼손이 왼손을 만질 수 없고, 두 눈이 두 눈을 바라보지 못하는 것이라면, 최소한의 매개로 재현되지 않고서는 우주도, 사물도, 진리도, 순수도 결국 인간도, 사회도, 역사도 없는 것이 아니겠는가? 오른손으로 다른 손을 더듬거리거나 두 눈을 비추는 거울 앞에 설 때 비로소 드러나고 마는 우리는 그럼에도 거개가 자의성에 토대한 최소한의 여지만을 남기고, 또 이 여지를 붙잡고서 유약한 관계를 꿈꿀 자그마한 가능성으로만 서로가 서로에게 맺어질 뿐이다. "위도와 경도가 달라도 동일한 의도를 지닐 수 있고/ 동일한 의도로 서로 다른 사랑을 나눌 수 있다"는 것은, 말이나 판단, 언어나 세계 자체가 자의적인 특성에 의지해서 취약하게 연결되어 있으며, 오로지 이 자의성을 바탕으로 구동된다는 인식에서 비롯된 것이다. 이와 같은 사실을 인정할 때 비로소 연대나 전진, 분별이나 판단, 진화나 평화와 같은 개념을 타진해 나갈 희미한 공점(共點)이 모습을 드러낼 것이라고 생각한 것은 아닐까? 예기치 못한 타자의 시선이 오히려 정직한 내 모습일 수 있다는 사실은, 이렇게 말과 말, 사유와 사유 사이의 간격을 느슨하게 벌려, 암시의 문턱을 조금 넘어선 정도의 추론으로만 다가갈 수 있는 시적 발화의 결과물로 환원되어 나타난다. 기혁의 시가 자의성을 두둔하는 무대의 부조리한 문법으로 궁굴려지는 것은 바로 이 때문이다. 그러니까 시니피앙과 시니피에의 자의성, 말과 언어의 자의성, 인간과 관계의 자의성, 세계와 우주의 자의성, 운명과 삶의 자의성은 완벽한 일치를 꿈꾸는 세계의 허구를 적발할 뿐만 아니라, 어떤 확신을 강력한 부정이나 의심의 대상으로 돌리고, 그렇게 탈구된 난맥의 상태 그대로를 무대 위에 올릴 수 있는 개념이자 그것 자체로 무대의 가장 중요한 소품이기도 한 것이다.

바로 이 무대 위를 "서로의 회의를 넘다 마주친 부재의 히스테리"가 활보할 것이며, "서로가 다른 의지로 스쳐 가는 바람처럼"(「시니피앙」) 우리들의 모습이 드러나고 또 사라질 것이고, "늘 맥락만 사는" 저 "지구의 신념"(「호텔 팔라조 베르사체」)이 가끔 단역으로 출연할 것이며, "마침내 최초의 희생자가 자신이었음을 누설"하는 "한 가족"의 "편력"이 제 "완성"(「첸치 일가」)의 크기를 실험할 것이다. 긍정과 부정 가운데 하나를 선택하지 않으려 몸부림치며 커튼을 올린 이 무대 위에서 우리는 확실성과 명료함에서 "삐져나온 것들의 음계"(「4월, 인사동」)의 불협화음을 듣게 될 것이고, 검은 커튼을 열고 무대 안으로 들어오고 또 이내 "속이 하얗게 빈 플라스틱 통로를 따라"(「마네킹 스트리트」) 뒤편으로 사라지는 "행인들의 표정이 분주했다"(「무지개」)고 서로 귓속말을 주고받을 것이다. "'얘기하는 사람 1'과 '지나가는 사람 2'"의 "수군거림으로 명백해"지는 이 이상한 자의성의 무대에 초대된 우리는 결국 우리의 "두 눈을 예외로 만"(「사춘기 아침」)드는 일에 동참할 수밖에 없게 될 것이다.

최초의 조명은 문장,

명사와 형용사가 뒤엉킨 무대 위 음속의 빛.

원형의 테두리가 그어지고 희미하게나마

의미의 안과 밖을 구분하는 게 보였다.


(……)


태초의 흔적을 찾는 순례자들은 여전히

아이들의 혀를 짧게 만드는 기도를 올리는 중,

에덴에서 옮아 온 목감기를 부조리라 불러도 이상할 건
없다.

코맹맹이 목소리로 비로소 말뿐이었던 지상을 딛고 선

조물주의 '허세', '사랑'의 게스트하우스들.


말을 할수록 목이 아닌 심장이 아팠고,

쉴 새 없이 땀이 흘렀다.


*오해 때문에 속옷까지 벗는 인종이 있을까요?*


440만 년 전 인류의 긴 침묵은 사실주의다.

시니피앙이 입속에 머무는 동안 시니피에는 그림자를 매
단다.

오직 방백을 통해서만 예언할 수 있는 인류가

'알락꼬리여우원숭이'보다 좀 더 외롭다는 사실을,

우리는 공연을 전제로만 반복한다.

──「태초에 빛이 있으라,

지상 최대의 토크쇼에 대한 모국어의 진술」에서


바벨은 무너졌고, 언어는 분화되었으며, 사유는 가지런한 질서에서 빠져나와 이곳저곳에 난무한다. 왜곡과 오해에서 벗어날 수 없는 운명은 그러니까 이 세계에서 자명한 것이다. 신을 연기해야 하는 배우는 신이 신성해서 신인 것이 아니라, 처절하게 자의적인 우리 운명의 주권자이기에 신성함을 갖출 뿐이라는 사실을 알아차리는 일에서 벌써 힘겨워 했을 것이다. "문장"이라는 이름의 "최초의 조명"이 인류의 무대를 밝힌 이래로 그 무엇도, 그 누구도, 신이라는 주인공을 대신할 수 없는 것이라면, "명사와 형용사가 뒤엉킨 무대 위"로 신을 대신해 불려 나온 배우는 조용히 분장실에 앉아 차분히 시나리오를 읽고 제 순서를 기다려야 할 것이다. 그리고 세계의 기원을 소급하거나 존재의 의구가 일자(一者)로 환원될 수 있다는 희망을 버리는 연습으로 벌써 분주했을 것이다. 무대 위에 등장하기 전, 이렇게 배우는 모든 준비를 마친다. 이 작품을 연극 대본으로 바꿔 보면 어떤 결과가 주어질까? 무대 위로 가 보자.

제1막

　최초의 조명은 문장, 명사와 형용사가 뒤엉킨 무대 위 음속의 빛이 비춰진다. 원형의 테두리가 그어지고 희미하게나마 의미의 안과 밖을 구분하는 게 보인다.

　배우 등장.

배우　한번도 '새'를 발음한 적 없었습니다만 '새'의 한쪽 면은 어둡고 한쪽 면은 밝다는 것쯤은 눈치챌 수 있었죠. 수 세기 동안 형용사로 길들여질 '짐승'이나 명사이길 거부했던 '엄마'도 그건 마찬가지였어요.

　(태양의 어두운 내장을 비출 수 있는 유일한 조명이 무대를 장식한다. 주제도 주인공도 소리 이외의 의무는 없다.)

배우　자궁 밖 목소리로 햇살을 떠올린 태아처럼, 조물주의 혼잣말을 믿은 건 저의 실수였어요. 도서관 가장자리에 잠든 사내의 꿈속을 배회하거나, 자살 직전 들려온 소음 때문에 저는 매번 변신에 실패하곤 했죠. 백열등에 드러난 폐경기 부인의 알몸처럼 무언가가 의심스러울 땐 사이즈가 다른 속옷을 껴입어야 했답니다. 저는 '태양'이 태양이 되고 '새'가 새가 되는 광경을 전원하지 않았어요.

　(태초의 흔적을 찾는 순례자들이 아직도 아이들의 혀를 짧게 만드는 기도를 올리는 중이다. 에덴에서 옮아 온 목감기를 부조리라

불러도 이상할 건 없는 분위기. 배우는 코맹맹이 목소리로 말뿐이 었던 지상을 딛고 선 조물주의 '허세'와 '사랑'의 게스트하우스들을 연기한다.)

배우　(말을 할수록 목이 아닌 심장이 아프다. 쉴 새 없이 땀이 흐른다.) (코맹맹이 목소리로) *오해 때문에 속옷까지 벗는 인종이 있을까요?*

　방백과 독백의 구분은 우리의 몫이라고 하자. 당신은 이 부조리극의 한 장면을 보고서 동조하거나 끝내 박수를 보낼 수 있겠는가? 자의성은 부조리극의 특성과 다르지 않다. 웃을 수도 울 수도 없는 상황을 조장하고, 그 사이의 틈새를 열어, 말의 풍성함이나 가능성을 제거하려는 저 획일적인 세상에 대한 비판의 고리를 만들어 내거나, 진리 환원주의자들과 의미고정주의자들, 단일성을 신봉하는 순수주의자들에게 일침을 가하지만, 이 역시 에두른 비유를 통해 관객들이 유추해 볼 수 있는 희미한 가능성으로 남겨질 뿐이다. 이들이 모두 조물주의 허세를 신봉하려는 자들이라는 연출을 긍정하기 위해서는, 확실성을 배제한 대사를 배우의 입에 물리려 하는 연출가의 전제를 우선 알아차려야 한다. "오직 방백을 통해서만 예언할 수 있는 인류"에게 주어진 이 무대에는 목적성이나 의도, 해석의 단일성을 끝내 오해의 산물로 전환해 버리는 부조리극의 좀처럼 예견할 수 없는 퍼포먼스만이 어울린다는 것일까. 한 편을 더

감상하기로 하자.

　지구 반대편에서 발견된 팔이 누군가의 어깨를 감쌀 때
　　또 한 사람의 다리는 깊은 밤을 절룩거리며 꿈의 방향을
든다.

　'여기 나 있고 거기 너 있지'

　세계는 환상통을 앓으며 만난다.

　생각지도 못한 순간에 솟구쳐 오르는 머리통,
　관중석의 환호와 시커먼 사유의 커튼콜.

　　　　　　　　　　　　　　　—「토르소」

　이 작품을 부조리극의 한 장면이라고 생각해 보라. 그럼
에도 당신은 배우는 물론, 마땅한 대사 하나를 떠올릴 수
없을 것이며, 독백이나 방백, 혹은 대화의 구분에도 필경
실패하고 말 것이다. 그러나/그럼에도 팔이 여기저기에서
튀어나오자 절룩거리던 다리가 갑자기 방향을 바꾸어 하
늘로 날아오른다거나, 넋을 놓고 이 장면을 바라보며 잠시
방심한 사이에 머리통 하나가 예상할 수 없는 엉뚱한 곳에
서 큰 소리로 때굴거리며 무대 위로 떨어지는 장면을 당신
이 잠시 떠올렸다면, 당신은 "세계"가 앓고 있는 "오체투지

(伍體投地)하는 삶의 감각"을 한 편의 퍼포먼스로 전환해 낸 "환상통"(「고스트 라이터」)의 무대를 벌써 목도한 것이며, 이 자의성의 무대 위에서 "아무도 없었지만 누구도 혼자서 방을 찾을 순 없"(「호텔 팔라조 베르사체」)는 행위를 연기하고 있는 배우들의 몸짓을 이해하고 있는 사람이다 우리는 이렇게 "바람과 지하철의 공통점을 이야기"하다가 "이유 없이 울다가, 웃기도"(「두 단어의 세계」) 하는, 자의성에서 발원한 그의 부조리극에 점차 익숙해질 것이다. 부조리극의 핵심이 자의성인 것만은 아니다.

죽은 갈매기가 연기해 온 상징을 돛대에 묶는다. 배의 이름은 '피'였다. 바람이 불자 '피'는 앞으로 나아가기 시작했다. 세이렌의 유혹도 포세이돈의 바다 괴물도 '피'의 항로를 어쩌지 못했다. '피'는 아라비아 반도를 지나 히말라야의 고산 14좌(座)와 5대양 6대주의 최고봉을 지났다. '피'가 나아가는 자리마다 문명이 거셌다. 죽은 갈매기의 상징이 숨 쉴 듯 퍼덕거렸다. '피'는 과거라는 담벼락과 미래라는 오줌보를 지났다. 욕실이나 싸구려 술집에서 '피'를 본 건 그 무렵이었다. '피'를 본 사람들은 자신의 운명 역시 비공식적이라고 느꼈다. '붉다'는 형용사가 비좁게 여겨졌다. 타이(tie)였다. 빌헬름 텔과 뉴턴의 사과를 지나 애플사(社)의 이빨 자국난 사과를 끝으로 '피'는 밤하늘을 날았다. 화면 밖에서 '피'를 흔들던 스태프들이 보였다. 초연(初演)이었다. 육중한 근

육을 부풀리며 파도에 흔들리는 '피'를 공연하고 있었다. 그
들의 노동도 한 무리 천사처럼 '피'를 이고 날아올랐다. 아무
일 없었다. 사람들은 '피'의 행진이 디디는 어둠을 천국이라
부르지 않았다. 바다였다. 수백억 별을 적시는 진짜 바다였
다. 죽은 갈매기를 낳은 산 갈매기들의 서식지가 수평선 너
머 어른거렸다. 그곳의 이름은 '아래로부터'였다. '피'는 그
섬의 실어(失語)들을 모두 태우고 떠났다. 죽은 갈매기 대신
비글(Beagle)의 깃발이 펄럭였다.

　　　　　　　　　　　　　　　　　　　——「오프 더 레코드」


　이 작품은 '피' 없이는 시연할 수 없는 잔혹극이자 인질
극, 그러나 문명사를 관통하는 은유로 가득한 서사극이기
도 하다. 그러니까 '피'는 어디론가 항해를 시작한 배의 이
름이기도 하며, 무언가를 향해 나아가기 위해 지불해야 하
는 모종의 대가라 할 '피'(血)이면서, 동시에 "상징을 돛대에
묶"어 펼쳐 낼 개연성(probability)을 암시하는 동시에 하나
의 사유를 담아낸 명제 P이기도 하다. 논리학에서 명제 P
는 문장과 문장 사이의 개연성을 생명으로 참과 거짓을 가
름한다. 하나의 사유를 담는다는 명목으로 세계에 태어난
명제 P는 참과 진리 값을 증명하는 절차와 과정을 통해 결
국 진리 값을 추정해야만 하는 운명에 처하게 된다. 이 작
품의 '피'를 '개연성'으로 모두 바꿔 보면 과연 어떤 결과가
주어질까?* 중요한 것은, 너 나 할 것 없이 모두가 '피'를

"공연하고 있었"던 세계는 복합적인 연출의 가능성을 배제하지 않는 개연성의 무대일 수밖에 없다는 점이다. 보다 중요한 것은 의미의 연관성에서 풀려나온 문장들을 여러 개의 사슬로 다시 묶어 낼 거의 유일한 개념이 개연성이며, 이 개연성을 추정하는 상태를 시인이 무대를 가장하여 펼쳐 보이고 있다는 사실이다. 여기에는 느슨한 비판, 그러나 해석하는 자의 자의성과 개연성에 도움을 청할 때, "죽은 갈매기 대신 비글(Beagle)의 깃발이 펄럭였다"와 같은 마지막 결구를 '신을 개에 비유하는' 대목, 그러니까 근본적인 부정이나 비판은 물론 조롱으로도 읽을 수 있다는 것이다. 기혁의 시에서 "우리가 차려 놓은 '만약'의 무게"(「서양식 의자 위의 저녁 시간」)가 어떤 무대를 열고 또 닫는가의 여부

---

* '피'를 모두 '그러할 것이라는 추정'의 대명사로 삼아 변조했더니 이런 결과가 주어진다. "신이라는 상징을 문명 속에서 파악한다. 문명을 발전시킨 것은 개연성이었다. 계기가 주어지자 개연성은 확장되기 시작했다. 동화도 신화도 그 어떤 이야기도 개연성의 전개에 토대를 두었다. 개연성은 전 세계 구석구석을 지나 차츰 정점에 달해 갔다. 개연성이 스며드는 곳마다 문명이 일었다. 이렇게 신이 다시 살아난다. 개연성은 과거의 기록과 미래의 예측 불가능성에 토대를 둔다. 일상 곳곳이 개연성에 물든다. 개연성을 믿는 사람은 자신의 운명 역시 정해진 것이 없다고 생각했다. 미개에서 벗어나 과학이 발달하자 개연성은 차츰 사라졌다. 세계의 밖에서 개연성을 제시했던 주체가 이제 보인다. 그들은 최초의 시연을 말했다. 그들은 타당성을 위협받고 있는 개연성이 중요하다고 역설한다. 그들의 설교는 개연성을 바탕으로 추상적이 되어 갔다. 그러나 아무 일도 벌어지지 않았다. 사람들은 개연성의 확장이 불러온 비관적 전망을 구원이라고 생각하지 않았다(……)."

는 이렇게 '피'와 P의 공집합을 어떻게 읽어 내고 또 해석
하는지의 여부에 달려 있는 것이다. 그 어떤 통념의 덫에도
걸리지 않고 무사히 빠져나와 주관성을 무대 위의 부조리
극처럼 살려 내는 것만이 기혁에게는 시의 고유성을 보존
해 내는 유일한 길이 된다. 이 "고스트 라이터"는 이와 같
은 방식으로 낭만에 젖을 권리를 손쉽게 성취하여, 시공에
서 자유롭게 풀려나와 여기저기 흘러 다니기를 자청할 수
있거나, (사이비) 유물론을 받아들이기도 물리치려 하기도
하고, (가짜) 신학과는 손잡을 수 없다며, 고뇌하는 사변의
포즈를 세계와 우주를 기획한 자들의 무대 위로 불러 모
아, 이들을 불신하고 교란하면서 자기만의 색깔로 연극 한
편을 세계에 바치려 한다. 이것은 상상의 결과라기보다 이
세계에서 할 수 없는 일이 더 없다는 생각 끝에야 나올 수
있는 퍼니 게임의 일종이자, 불가능성의 가능성을 시연하
려 시도하는, 명백히 실패가 예견된 실험극 하나를 준비하
겠다는 결의에서 비롯된 무엇이다. 아무도 살아남지 못하
는 무대, 아무것도 아닐 수 있는 의미들이 모여 펼치는 저
난삽한 연기들, 끝내 기억되지 못할 대사들로 무대를 장식
하고자 시인은 망각으로 밀려난 시간의 편에 서서, 혹은 이
퍼포먼스의 무대 뒤에서, 혹은 대기하는 분장실이나 분주
하게 색깔을 선별하고 실험하는 조명실의 의자 위에, 아니,
배우에게 "오래 저어도 흔적이 남지 않는 문장"(「동반작(同
伴作)」)을 낮은 목소리로 끊임없이 속삭여 주어야 하는 무

대 저 아래에 숨어 있는 것일지도 모른다.


## 무정부주의자의 무대—신을 거부할 용기

기혁의 부조리극은 신을 배제할 수 없는 상태에서 아무 것도 할 수 없는 인간의 한계나 절망을 무의미하게 반복하며 하루하루 시간을 채우는 것으로 소임을 다했다고 말하지 않는다. 그는 사유의 가능성을 모두 열어 놓아야만 하는 독서를 은밀히 채근하는 시적 구성을 통해, 이 세계의 근본적 실재가 정신이나 관념이 아니라고 우리에게 넌지시 말을 건네 올 뿐이다. 세계에서 펼쳐진 온갖 사태들과 그 사태들에 쏠려 함께 당도한 감정의 결들은 물론, 그 내부에 도사리는 잠재적 실현 가능성조차 배제할 수 없다는 태도를 보여 줌으로써, 기혁은 난독의 길을 열고 부조리의 현장을 그 길 위로 끌고 와 제 시에서 미궁을 설치해 낸다.

중심을 향한 외침이 몸을 태우다
조그마한 돌멩이로 희석되고 마는,
누군가에게 혁명은 전위가 아니라 끊임없이
궤도를 이탈해 온 감정일 뿐

한 줄 사선의 내력을 설명하기 위해선
비껴 나간 소혹성의 소감도 읽을 줄 알아야 한다.
                                ─「분신(焚身)」에서


산업과 혁명이 서로를 유보하는 밤, 한 무리 인형들이 자
정의 부근을 지난다


별빛과 달빛의 노동이 미치지 않는 그곳엔
외눈박이 고양이의 눈알이 북극성으로 빛나고 있었다


(……)


왔던 길을 돌고 돌아 여전히 자정의 부근인 근대,
  유적만 남은 식민지인들이 그들을 꼭 닮은 유물을 찍고
계통수를 그리고 시세를 모의한다
  끝끝내 도래할 유일신의 장외거래에선 잘못 조립된 인형
들을 사고판다


인형 속 인형이 타인의 눈을 뜨고 만든 피라미드마다
  태양을 입에 넣어 만든 설화 속 주인공들, 그들을 비호하는
  내일이란 파라오가 기원전 몽상에 방부제를 덧씌운다


차곡차곡 땅을 일궈 핏빛 벽돌을 뿌리는 잔업과도 같이

도시를 미생물로 쓰는 현생 인류의 생태학

—「유물론」에서

그의 무대는 인간을 억압하는 모든 관념과 통념을 부정하는 데만 제 역량을 투입하는 것이 아니라, 가능할 수도 있었을 경우의 수를 헤아리고 추측의 가능성을 고려하여 "끊임없이 궤도를 이탈해 온 감정"을 비끄러매며 "중심"에서 이탈하여 손아귀에서 빠져나가는 것들의 상실을 연출하는 데 보다 섬세한 주의를 기울인다. 그의 시를 무정부주의자의 부조리극이 펼쳐지는 한 편의 무대라고 한다면, 그것은 어떤 행위나 현상의 옳고 그름을 판단하기에 앞서 판단의 대상에서 배제된 것들의 운명에 주목하는 어휘들, 공동체의 윤리적 틈새를 때마다 열어 보려는 현실주의자를 부정하는 구문들, 합일성이라는 열망에 들뜬 낭만주의자의 좁은 시각에 갇히지 않는 대사들을 조합하여, 사물과 대상, 사회와 역사, 우주와 인간 사이의 일대일 대응이 애당초 허망한 희망이라는 사실을 은유하고, 나아가 혁명이나 신의 도래, 기원의 회복 따위가 자본과 문명의 총체적인 불안에 잠식되어 숨을 헐떡이고 있다는 사실을 암시하는 데 헌정되고 있기 때문이다. 이 부조리극의 암시적 특성과 사회 비판적 성격은 비유하자면, 베케트의 『고도를 기다리며』에 등장하는 럭키의 대사와 그 구성과 목적의 측면에서 다소 흡사하다고 할 수 있다.

럭키 (단조로운 어조로) 프왕송과 와트만의 최근 공동 연구에서 밝혀진 바에 의하면, 까까 흰 수염이 달린 까까까까 인격신은 공간의 시간 밖에 존재하고 있어 하늘의 무감각과 무공포와 침묵 위 높은 곳에서 몇몇을 제외하고는 우리를 사랑하는데 그 까닭은 모르지만 곧 알게 될 터이고 하늘의 미랑다의 본을 따서 고뇌와 불 속을 헤매는 자들과 함께 그 고동을 겪는데 그 까닭은 모르지만 시간을 두고 생각해 보기로 하고 (······) 그 불과 불길은 조금만 더 계속되면 마침내는 대들보에 불을 지르게 될 것이 분명한데 다시 말하면 지옥을 하늘까지 들어올리게 되겠는데 그 하늘은 오늘까지도 때로는 파랗고 너무나 고요한데 그 고요는 수시로 중단되기는 하지만 그래도 반가우니 속단은 금물이고 (······) 인간의 계산에서 발생되는 오류 이외에 다른 어떠한 오류의 가능성을 배제된 다음과 같은 이론이 설설설정되었으니 바꾸어 말하면 속단은 금물이나 그 까닭은 알 수 없지만 프왕송과 와트만의 연구 결과 명백하게 너무나 명백하게 밝혀진 바에 의하면 (······) 요컨대 다시 말하거니와 인간은 왜소해지고 (······) 왜 그런지는 모르지만 여위어 가고 오그라들어 (······)*

* 사뮈엘 베케트, 오증자 옮김, 『고도를 기다리며』(민음사, 2000), 69~70쪽.

신은 인간에게 자신의 권리를 이행할 것을 오래도록 명령하지만, 그 권리가 전이되어 고갈되어 버리는 줄은 미처 몰랐을 것이다. "끝끝내 도래할 유일신의 장외거래에선 잘못 조립된 인형들의 단추를 사고"팔아야 하는 배우는 고도 (Godot)를 기다릴 수밖에 없는 상황에서 무의미한 대화를 나누며 시간을 보내야 하는 두 뜨내기 에스트라공과 블라디미르의 처지와 크게 다르지 않다. 미완성인 인간에게 제 존재의 실마리를 꿈꾸게 해 줄 유일한 존재가 바로 신이며, 따라서 도래하지 않는다 해도 인간은 신을 완전히 부정할 수 없다. 오히려 신을 기다린다는 조건하에서만 현실을 살아 내야 하는 인간에게 제 존재의 부조리와 현실의 부조리는 이 세계를 허용하는 유일한 조건일 뿐이다. 인용한 럭키의 대사는 따라서 단순한 장광설이 아니라 부조리한 사회와 문명에 대한 역설적 비판이라고 할 수 있다. 프왕송(Poinçon)이 티켓을 끊어 주는 사람을 의미하며 와트만(Wattman)이 전철 운전수를 상징하는 이름인 것은 우연이 아니다. "인격신은 공간의 시간 밖에 존재하고 있어 하늘의 무감각과 무공포와 침묵 위 높은 곳에서 몇몇을 제외하고는 우리를 사랑"한다는 대목은 "그 모든 책임은 그리스도에게 있을지 몰라"(「서양식 의자 위의 저녁 시간」)라는 구절과 마찬가지로, 신에 대한 증명 불가능성을 전제한 암시이자 이성만으로 다가갈 수 없는 미완의 존재나 미지의 힘에서 자유롭지 못한 존재가 인간이라는 사실을 말해 준다. 프왕송과 와트만으로 허용된 삶이 "인간의 계산에서 발생되는 오류 이외에 다른 어떤 오류의 가능성을 배제한" 논리로만 가능하기에 우리는 결국 "왜소해지고 (……) 왜 그런지는 모르지만 여위어 가고 오그라들" 수밖에 없는 존재임을 부정하기 어려워진다. 그러나 고도가 미완성의 인간에게 '기다림의 총체'인 것처럼 "미래를 예언하던 시절에도/ 우리의 구원은 초라"(「인상파」)할 뿐이라 해도, 우리의 "감정은 신이 아니"(「물질과 기억」)기에 신을 거부할 용기를 인간 스스로 갖추어야 한다고 시인은 말한다. 신을 배제할 수 없는 이 세계는 그들의 방식대로 부패했다기보다 "산업과 혁명이 서로를 유보하는" 캄캄한 공간에서 전혀 다른 방식으로 삶의 열망을 발산하고 있는 것은 아닐까?

> 맹인의 검은 동자가
> 미래를 예언하던 시절에도
> 우리의 구원은 초라하기 짝이 없었다.
> 기적이 일어나기 위해선 매번
> 어두운 주변이 필요하고,
> 손전등을 비추다 맞닥뜨린 진실은
> 노상강도를 닮아 가는 법.
>
> ──「인상파」에서

> 몇 번의 눈사태와 크리스마스가

달궈진 아스팔트 아래 묻히는 동안,
독재자를 연기하는 배우를
지도자로 추대하기도 했네.

그 나라의 모든 병명은 비유였으므로
의사는 처방전 대신
시를 적어 내밀곤 했지.

엘리베이터를 천사라고 부르게 된 건
그 나라의 돌림병 때문이었네만
하늘을 나는 데
꼭 혁명이 필요한 건 아니었다네.

(……)

여름이 끝나고 드라마가 찾아오고 있다네.
천사가 지나간 자리는 모두
그들의 박수일 따름이었네.
　　　　　—「모스크바예술극장의 기립 박수」에서

　기혁은 사랑과 협력으로 훌륭한 신세계의 창조를 꿈꾸
는 공상적 사회주의자의 맹목성에 진저리를 치며, 자신이
투척한 의구의 문장들 앞에서 독자들이 합당한 대답을 찾

지 못하기를 바라는 부조리의 연출가로 남겨지길 원하는지도 모른다. 그의 시를 마주한 우리는 "왔던 길을 돌고 돌아 여전히 자정의 부근인 근대"의 언저리에서 그의 "환영(幻影)을 만드는 기술"(「블랙 마리아」)을 뒤쫓으며, "도시를 미생물로 쓰는 현생 인류의 생태학"의 무대 위로 잠시 초대될 뿐이다. 그의 무대를 관람하면서 우리가 "혁명을 꿈꾸기 위해선 정말로 방을 바꿔야 한다"(「블랙 마리아」)는 그의 슬로건에 동조하기 위해서는 오로지 오독과 연상에 의지해, 문자에서 끓어올라 현실로 차고 범람해 오는 의미의 잉여 공간을 우리의 삶에서 꿈꾸어야 할지도 모른다. 애당초 "우리의 구원은 초라하기 짝이 없었다"면, "우리는 오독을 기다"(「열대야」)리는 존재로만 세상에 덩그라니 남겨질 존재일 뿐이기 때문이다. 진실은 주사위 놀이처럼, 우연에 기대어 아주 간혹 삶에 제 옷자락을 내려놓을 뿐인, 그럼에도 끝끝내 부정하려고 우리가 애써야 하는 신의 불투명한 형상과 크게 다르지 않다는 말일까? 그의 연극은 "혁명을 신봉하지 않는 풍경" 속에서 살아가야 하는 "늘 기적의 뒤편에서 있는 사람"(「출애굽」)의 이야기이자 "공상이 극에 달하면 간절한/ 무신론자가 되어 가는 작부"(「날고기와 핏방울」)의 입에서 흘러나온 기이한 신음들, "무허가의 모순이 합법적일 수만 있"기를 바라며 허용되지 않은 모순을 당당하게 전개하려는, 부조리하다고 부를 수밖에 없는 어떤 상태를 백지 위에서 기원하고 또 기원하려는 자가 쏟아 낸 목소리로 가득하다. 그러니까 그는 "죽음"이 그 "어떤 염문에도 규칙을 어기지 않는다"(「무운시(Blank Verse)」)는 진리 앞에서, 구원의 가능성을 최소화하거나 희망의 비루함과 보잘것없음, "기적이 일어나기 위해선 매번/ 어두운 주변이 필요"한 이 세계의 부조리를 연출하려는 사람인 것이다. "여름이 끝나고" 우리를 찾아온 이 "드라마"를 읽으며 당신은 박수를 보낼 준비가 되었는가?

## 연극이 끝나고 난 후 ─ 커튼콜의 침묵

의미와 맥락은 물론 아귀가 채 맞지 않는 문장들이 무대 위로 올라와 맑은 창문 하나를 내고 낭만적인 목소리에 젖어, 축축한 우리의 기억과 삶의 부조리를 연기하기 위해 한곳에서 어색한 화음을 조율한다. 그의 무대는 라이브 단막으로 끝나지 않는, 아니 그 끝을 예고할 수 없는, 끝을 예고하는 행위가 벌써 부조리하다는 사실을 알고 있는 무대와 같다. 이 무대 위에는 말을 구성하고 제어하는 이지적인 능력과 기이한 착안에서 당도한 섬뜩하리만큼 신선한 실험들이 자리한다. 그러나 무엇보다도 이 무대 위에는 아직 실현되지 않은 미래의 배우들과 무언(無言)의 사유들, 부정할 수도 긍정할 수도 없는 저 마음의 상태와, 옷을 입히고 입술에 루즈를 칠해 놓은 마네킹처럼 도시 뒷골목에 빼

곡히 늘어선 죽은 자의 영혼이 바글거린다. 기혁은 감성에만 의지해 저 자신과 필력을 오롯이 내맡기는 낭만주의자가 아니다. 그는 적절하고 필요한 만큼 감수성을 떠다 현재에 옮겨 놓을 뿐, 감정에 매몰되어 사유를 놓치는 법이 없으며, 논리에만 함몰되어 제 감수성을 과거라는 이름에 희생시키지 않는다. 그의 시를 감성적 지성이라고 불러도 좋겠지만, 지성적인 감성이라고 부를 때 좀 더 효과석인데, 그것은 그의 시가 이지적인 방식에 따라 구성된 부조리극의 대본에 가깝기 때문이다. 그의 부조리극은 그러니까 의미를 중심으로 갈라선 일정한 간격들을 취하할 것이고, 원근을 폐지하자고 부추길 것이며, 통념의 한복판을 무지르는 새로운 말로 배치된 낯선 감성의 질서를 두둔할 것이며, 시간을 고무줄처럼 늘렸다 또 줄이면서, 긴장하면 놓아주고 너무 놓았다 싶으면 다시 당겨오는 줄다리기와 같은 연출에 턱없는 지지를 보낼 것이며, 허공을 떠다니거나 바람을 타고 삶의 무덤으로 시나브로 가라앉기도 할 것이다.

바다 위 출렁이는
은빛,
사슬을 풀기 위해

파도가 쉼 없이
몸부림친다.

육지에서 밀려드는 자서(自序)가

두 귀를 통과해

녹아내렸다.


(……)


그러나 너는 좀처럼 죽지 않는 행간,

행간에 고인 슬픔의

폐쇄 회로.


햇살의 조차지 아래

은빛 사슬을 펄럭이는


배후가 없는 너,

4월의 재현(再現) 배우

                              ──「무언극」에서


모든 의혹을 채무로 환산해 버린

애도의 사무실에서,

수족관 한가득 백상아리를 키우는

로맨티스트.

                         ──「날고기와 핏방울」에서

그의 재능은 모든 것을 미완성의 상태로 환원하는 능력, 자의성과 개연성에 적절한 무게를 달아 모든 것을 불완전한 상태로 만드는 재기, 균등과 질서와 순수를 거부하는 지점으로 이끌고 가는 감각적인 말을 굴려 내면서 "모든 의혹을 채무로 환산"하는 직관, 우리가 돌보지 못했던 부조리한 감정을 향해 질주하는 무목적성의 미지에 내기를 걸 줄 아는 착안에서 크게 빛을 발한다. 현대-현재는 오로지 주관성의 힘으로 바로 서야 하며, 그 과정에서 불투명한 전망을 공유하는 것은 부조리한 이 세계에서 필연이라고 말하는 것일까? 스스로의 규범을 만들고 어두컴컴한 방/밤 한가운데 미아처럼 우두커니 서 있는 그는, 그러니까 의미의 구심점을 붕괴시키고 그 방향을 자의적으로 잃고자 하는 사람, 가질 수 없는 지향으로 강렬한 삶을 모색하는 실험가이자 연출가이다. 끊임없이 '환상통'을 앓고, 앓아야 한다고 말하는 시. 그가 펼쳐 낸 부조리한 무대의 유일한 알리바이는 이것뿐일지도 모른다. 해석의 지평을 열고 닫을 안전한 열쇠는 이미 망가졌거나 애초에 없었다고 여기는 편이 낫다. 맥락 없는 문장이 절묘한 감정의 사선을 타고 여기저기 활보하며 당혹감을 한 움큼 풀어놓고자, 백지 위의 여기저기에 난무하는 것은 이 시인이 자의성과 개연성에 대한 확고한 지지가 있었기에 가능한 것이며, 여기에는 이 세계에 대한 그의 이지적인 인식과 합리적인 판단이 자리한다. 그가 펼쳐 낸 부조리의 무대는 그러니까 말

그대로 자의적인 것은 아니다. 우주도, 세계도, 도시도, 과거도, 아니 삶과 현실, 현재와 현대도, 과잉된 의미로 신음하며 자의성이라는 패러독스에서 벗어나지 못하리라는 그의 직관은 사실 지적인 절망을 갈구하는 열망에 제 뿌리를 내리고 있을 것이다. 그는 이 무대에서, 십자가 앞에 무릎을 꿇고 간혹 올리는 구원의 소망이 우리의 삶에서는 너무나 무책임하고도 헐거운 선택이며, 진리에 대한 확신이나 맹목적 추구가 불가피하게 자주 그 의의를 상실하거나 우리를 막다른 골목으로 데려가고 또 기만한다고 말한다.

나와는 손잡지 않으려던 눈들 사이,
월요일의 유리창 너머
눈사람을 찾아 두리번거릴 때
화장기 없는 너를 어루만질 때

눈사람과 눈싸움을 하면
피를 흘릴 수 있을까?
지문(地文)이 없어도
포옹을 할 수 있을까?

모스크바예술극장의 기립 박수를 떠올린다.
색색의 관객들이 두 팔을 벌린다.
　　　　　　　　　　　　　　　　─「비너스」

연극이 끝났다. 사방이 캄캄하다. 길은 멀고 또 날은 저물어 갈 것이다. 정신은 도대체 어디까지 제 황폐함을 용서할 수 있는 것일까? 진부하게 통념을 조합해 내는 수많은 사람들 가운데 누가 사유를 고안해 내는가? 그의 시는, 이정표를 잃어버린 난세의 질서를 퍼포먼스로 펼쳐 내 끝내 인간의 윤리로 파고드는 부조리의 극이다. 인간이 신의 대치물이 될 수 없다는 사실을 인정하는 동시에, 그에 준하는 가치를 오로지 인간의 삶과 사유에서 엿보려는 의지가 세계 밖으로 죽음을 추방하지 않으려는 한 편의 부조리극을 우리에게 선사하였다. 세계는 단일하지 않으며 적은 사방에 있다. 밤의 컴컴한 거리, 저 허공에 잠시 반짝이며 화려한 궤적 하나를 그린 후 이 세계로 떨어지며 이내 사라져 버릴 별똥별처럼, 그의 부조리극은, 한 젊은 시인이 세계에 고백한 낯선 감성이자 삶의 구석구석을 방문하여 힘겹게 지어 올린 의미의 집이며, 이지적인 개념의 텃밭이자 시간을 돌돌 감아 쥔 처연한 눈빛이다. 지성이 불가해한 성질을 지니는 것이 아니라, 지성이 차마 미치지 못하는 세계가 여기에 있다고 그는 우리에게 말할 것이다. 그의 시를 읽다 보면 어느새 우리는 이질적인 것들이 엉켜 있는 도시의 어두운 골목이나 유년의 시선에 묻은 물기가 뚝뚝 떨어져 검게 얼룩진 바닥, 한 줌의 진실을 쥐고 우주에서 떨어져 그을음만 흔적으로 남기고 사라진 현대인의 무덤에 당도하게 된다. 여기는 마네킹이 숨을 죽이며 제 체온을 뺏기지 않으려 모피 코트를 밤마다 훔치는 어두운 상점이자, 노동에 지친 두 어깨를 마주 잡은 얼굴 없는 영혼들이 잔업을 서두르는 고독한 서재이며, 개가 제 꼬리에 꼬리를 물고 빙빙 돌며 몸통을 끊어 낸 도마뱀과 몰래 키스를 하는 곳이기도 하다. 감성이 닿을 수 있는 삶의 잉여와 상혼에 누구나 관심을 갖는 것은 아니었다는 말일까? 우리 앞에 펼쳐진 이 참혹하고도 당황스러운 공연 앞에서 우리는 우렁찬 박수를 보낼 수 있을까? 그의 무대가 커튼콜을 필요로 하지 않는다는 사실을 알아차렸다면, 우리에게 남겨진 것은 그의 무대에 참여해야 하는 우리의 운명을 조용히 수긍하는 일뿐일지도 모른다.

**지은이**     **기혁**

1979년 경남 진주에서 태어났다.
2010년 《시인세계》 신인상(시), 2013년 《세계일보》
신춘문예(평론)로 등단했다.
한국예술종합학교 서사창작과를 졸업했으며
동국대학교 대학원 국어국문학과 박사과정을
수료했다. 시집 『모스크바예술극장의 기립 박수』로
제33회 <김수영 문학상>을 수상했다.

# 모스크바예술극장의
# 기립 박수

1판 1쇄 펴냄  2014년 12월 19일
1판 3쇄 펴냄  2018년 3월 13일

지은이  기혁
발행인  박근섭, 박상준
펴낸곳  (주)민음사

출판등록 1966. 5.19. (제16-490호)
서울특별시 강남구 도산대로1길 62(신사동)
강남출판문화센터 5층 (우편번호 06027)
대표전화 515-2000 / 팩시밀리 515-2007
www.minumsa.com

ⓒ 기혁, 2014. Printed in Seoul, Korea

ISBN 978-89-374-0826-7  04810
        978-89-374-0802-1 (세트)

* 이 책은 2010년도 서울문화재단 문화예술창작지원금을 받았습니다.

**민음의 시
목록**